第一話　司、亜門と理由を考察する

カーテンを閉めた窓の向こうから、飲み屋の帰りと思《おぼ》しき中年男性らの声がする。

季節はすっかり春になり、新入生歓迎会のシーズンとなっていた。

今頃《いまごろ》、あの新刊書店の秘密の扉の向こうでは、賢者がひっそりと読書に没頭しているのだろうか。

銀縁の眼鏡越しに活字を追う姿を想像しながら、自宅にいる私は、彼の魔法で生まれた自分の本を開いた。

「ずいぶんと、書き込まれたなぁ……」

最初は白紙だった私の本は、亜門と親友になるところから始まり、彼らと過ごした日々が綴《つづ》られ、アスモデウスが己の道を見つけたところで終わっていた。

「僕の二十数年間は、全く綴られてなかったのに」

思わず苦笑をこぼす。

それだけ、彼らと過ごした時間が濃密だったということか。

そう思った私は、溜息《ためいき》を吐《つ》く。自身の本を閉じ、椅子《いす》に寄りかかって天井を見上げた。

「このままで、いいのかな」

そう思うことは多々ある。

だが、まず今は、目の前にある人生を記した本のことだった。

このまま、魔法が記すままを受け入れるのか。そしてそれを、自分の日記帳のようにしまっておくのか。

「勿体無《もったいな》い、よね」

誰に言うでもなく、そんな呟《つぶや》きが漏れた。

魔法の本には、全《すべ》てが記されるわけではない。恐らく、亜門の魔法に何らかの判断基準があり、それに従って記されているのだろう。だから、私が覚えておきたいと思ったことが漏れているかもしれなかった。

そして、それをそのまま、自分の中に閉じ込めていていいのだろうか。彼らと私のことを知っているのは、世間話も兼ねて報告をしている三谷《みたに》と、これまでにやって来た一握りの客くらいである。

目を閉じれば、亜門と出会った時のことを昨日のように思い出す。

あの時、私は職を失って、失意のままに書店にやって来た。その頃は読書にも興味が無く、活字を追うのは寧《むし》ろ苦手な方だった。

部屋の一角を見ると、小さいが真新しい本棚がある。そこには、本がそれなりに並んでいた。〝止まり木〟とまではいかないが、自分にしては集めた方だと思う。

「まさかあの時は、こんな風に本を読むようになるとは思わなかったな……」

本のこともだいぶ分かるようになった。

自分達が絵本などで読んでいた童話には原作があり、絵本とはかなり展開が違うものもあるということ。本を作るにあたって、想像もしていなかったほどの多くの人が関《かか》わっているということ。そして、読書をすることで人生の迷いから抜け出し、切れかけたり、切れてしまったりした縁が繋がるということ。

「……よし」

私はパソコンを起動させる。

確か、元々インストールされているワープロソフトがあったはずだ。

記憶の糸を手繰り寄せながら、私はずいぶんと前のヴァージョンのワープロソフトを立ち上げた。

「少しずつ、書いてみよう……」

最近、新刊書店でやたらと売れているというエッセイを読んでみた。

どうやら、カリスマと呼ばれている女性書店員が書いたもののようで、あけすけでありながらも爽快《そうかい》な書きっぷりに、ついつい一気読みしてしまった。

ああいう感じを目指してみよう。

私は、本棚に収められたエッセイの背表紙を視界に入れつつ、キーボードに指を滑らせ始めたのであった。

結果、惨敗である。

私は頭を抱えながら、翌朝、開店とほぼ同時に新刊書店へと踏み込んだ。

平日の朝一なので、広い店内に客は少ない。私はそのまま、〝止まり木〟がある四階へと向かった。

「いらっしゃいま――ああ、名取《なとり》か。ご苦労さん」

エスカレーターの先にて、死んだ魚の目で私を迎えた書店員は、友人の三谷だった。相変わらず、覇気の無い顔をしている。今は省エネモードなのだろう。

「……駄目だった」

「何が」

落ち込む私に、三谷は素っ気なく返す。

「エッセイ的なものを書こうとしたら、全く書けなかった……。何の面白みも無い日記というか、無味無臭の日誌になった……」

「は？　エッセイ？　なんで？」

お前、身の程を知ってるの？　と言わんばかりの三谷の視線を受け、私はそっと目をそらす。

った。

私は昨晩の決意を彼に話す。納得半分、あきれ半分で、彼は「はぁ、成程《なるほど》」と相槌《あいづち》を打
った。

「亜門さん達との思い出を、自分の中にしまっておくのはあんまりにも勿体無いから、エ
ッセイで面白おかしく書いて、ついでに大増刷で印税生活が出来たら良いと思ったのか」

「後半は違うよ⁉」

「安心しろ、名取。印税生活だったら誰もがしたいことだ」

三谷は生暖かい眼差《まなざ》しで、私の肩をポンと叩《たた》く。

「いや、誤解だし……」

「でも、広く読んで貰《もら》うってことは、出版したいわけだろ？」

「う、うーん……」

どうなのだろう。

世間では、自分の本を出したいという人間は多いらしい。しかし、私は特にそういった
願望は無い。広く読んで貰えれば、手段は問わなかった。

「ウェブで無料公開とかでいいかも……」

「そこは、夢をでっかく持っておけって。夢を見るのはタダなんだから」

三谷は、ブックトラックに歩み寄ると、積み上がった本を何かしらの順番に並べ始めた。

「まあ、媒体《ばいたい》はどうでもいいや。で、お前はエッセイを書こうとして、見事に失敗し、俺に慰《なぐさ》めて貰いに来た——と」

「慰めて欲しいというか、話を聞いて欲しかっただけだよ。文章にするっていうのはあんなに大変なのに、どうして、作家は物語やエッセイを書こうとするんだろうって思って……」

「あー、そっちが本題か」

三谷は納得したように頷《うなず》いた。

「で、どうしてだと思う？」と私は問う。

「どうしてだろうな。別に俺、創作をやってるわけじゃないしなぁ」

「エッセイならば、意外と簡単に書けるのかと思ったけどさ。全然ダメだった。やっぱり、才能の違いかな……」

「才能ねぇ。まあ、人間が生まれた時に割り振られるステータスは、個々によって違うしな。だけど、ちょっと書こうとしただけでダメだと決めつけるなんて、早過ぎじゃね？」

「そうかな」

「そうそう。最初から上手《うま》く書ける作家なんて、そこまで多くはないし。もう少し頑張ってみたら？」

「三谷……」

いつもならば面倒くさそうにする三谷だが、今日は何故《なぜ》か優しかった。三谷が後光《ごこう》を背負っている姿を幻視《げんし》しつつ、私は心の中で手を合わせて拝む。

「で、文章の書き方についての本の場所だけど――」

「書店員としての仕事をしているだけだったのか……！」

まんまと三谷に乗せられてしまった私は、エスカレーターを降りて二階に向かうよう促されてしまったのであった。


そのまま二階に行きたくなる誘惑を振り切り、私は四階の奥にある木の扉に手をかける。

ここは、主に縁を無くしかけたり、縁を失ったりした人間のための扉だ。私も職を失ったため、この扉を見つけることが出来たのである。

そっと扉を開くと、ふわりと珈琲《コーヒー》の香りが私を包む。いつの日からか、この匂《にお》いにもすっかり慣れてしまった。自宅にいる時よりも、安心出来るようになってしまった。

ほろ苦い中にも甘さがあり、心地よくありながらも少しだけ切ない。

珈琲の香りは、淹《い》れるものに左右されるのだろうか。それとも、私がその人物のことを知っているから、そう感じるだけなのだろうか。

この、胸の奥にチクリと疼《うず》きを覚えるような切なさは、そのままにしておいていいのだろうか。

てしまった。

「お早う御座います、司君《つかさ》。何やら、物思いに耽《ふけ》っておられるようですな」

　バリトンの声によって、現実に引き戻される。私は慌ててしまい、声がうっかり上ずってしまった。

「おっ、お早う御座います！　な、な、何でもないです」

「何でもないというお顔ではありませんな」

　奥のソファで読書をしていた店主の亜門は、本を閉じて心配そうにこちらを見つめる。

　壁一面の本棚に、ずらりと並べられた本までもこちらを見ている気がして、気まずかった。

「いいえ、本当に何でもないっていうか、大したことないというか……」

「そうですか？　どのような些細《ささい》なことでも構いません。この亜門、司君の友人として、相談に乗りましょう」

　紳士然とした微笑に、私は何とも言えない笑みしか返せなかった。

　まさか、あなたとの出会いを綴ろうとしたら上手く書けなかったと、正直には言えまい。

「ち、因《ちな》みに、何を読んでいたんですか？」

　私は早く話題をそらそうと、亜門に問う。

「ああ。オスカー・ワイルドの、〝ドリアン・グレイの肖像〟ですな」

　亜門はそう言って、私に本の表紙を見せてくれた。それなりに厚い洋書で、タイトルは当然のように英語だった。

「聞いたことがあった気がします。肖像画が歳《とし》を取る話でしたっけ……？」

私は自信なさそうに首を傾《かし》げる。

「そうですな。ドリアン・グレイという美青年がいて、彼の友人の画家が彼の肖像画を描いたのですが、ドリアン・グレイが悪事を働くと肖像画の表情が歪《ゆが》み、年月を重ねると肖像画が歳を取るというわけですな」

しかし、ドリアン・グレイ本人は、どんなに悪徳を重ねても、どんなに年月を経ても、肖像画を描かれた時のままの美青年なのだという。

「不思議な話、ですね」

「そうですな。これだけでもミステリアスで魅力的な内容ですが、注目すべきところは、ドリアン・グレイの変わりようです。当初は純朴な青年だったのですが、友人の一人と付き合ううちに彼自身が悪に染まっていくのです。私としては、最初は好ましい若者であったがゆえに悲しくもなったのですが、果たして、彼は悪友と付き合ったがゆえにそうなったのか、それとも、最初から実はそうであったのか、考察のし甲斐《がい》があるというものです」

「へぇ、面白そうですね」

私がそう言うと、亜門は実に喜ばしいといった表情でこう言った。

「ならば、お貸ししましょうか？」

「え、英語は読めないので……！」

「それは残念ですな」

亜門は明らかに落胆していた。そんな彼に、私は慌てて続ける。

「な、なので、日本語に訳された本を買いますよ。僕も名前を聞いたことがあるくらい有名な本ですし、新刊書店にもあるかなーって」

ついでに、文章の書き方の本もチェックしておきたかった。私のそんな思惑を知らず、亜門は相槌を打つ。

「ふむ、そうですな。恐らく、何社かが訳しているでしょう」

「あっ、何社もあるんですね……。その辺は、三谷の得意分野かな……」

「そうですな。三谷君であれば、司君に合った訳者を探してくれるかもしれません」

亜門は何度も頷く。三谷への信頼感は大したものだ。

「何なら、ひと作業終えてから行って来ても構いませんぞ」

「えっ、でも、勤務中はちょっと……」

店に入った時点で時給が発生しているらしいので、仕事をしたい。亜門にはすっかり甘やかされているが、せめて、給料に見合った作業をさせて欲しかった。

そんな私の心を見透かすかのように、亜門は机の上に置いてあったメモ用紙を私にそっと手渡す。メモ用紙にしてはやたらと上等な紙が使われていたが、そこは本題ではない。

「買い物リスト……？」

「ええ。後ほど司君に、買って来て頂きたい豆がありましてな」

亜門は、奥の棚を見やる。そこには、珈琲豆が入った瓶がずらりと並んでいた。

亜門は常に何種類かの豆をストックしていて、その日の気分によって豆を変えて珈琲を淹れてくれる。きっと、その何種類かのうちの一つが、空になってしまったのだろう。

「お願い出来ますかな？」

亜門が片目をぱちんとつぶる。

その、茶目っ気すらある仕草に、私は「も、勿論《もちろん》です！」と返す他なかったのであった。


ひと作業が意外と手間取り、買い物に出たのは夕方だった。

新刊書店からすぐ近くのところにあるいつもの店で珈琲豆を買った帰り、私は文芸書を取り扱っている二階へと赴《おもむ》いた。学生の帰宅時間ということもあり、客の数も多く、売り場はざわついていた。

「それにしても、〝ドリアン・グレイの肖像〟も、文章の書き方についての本も、ここにあるのか……」

何という偶然。いや、文芸書もあれば、その書き方の本もあるということか。独りで納得をしつつ、まずは文庫売り場へと向かう。

有名な古典文学であれば、文庫化されていることだろう。私のバッグは小さいので、コンパクトな文庫本の方が助かる。

「しまった。三谷に聞いて来れば良かった……」

どの訳者がお勧めなのかを聞きそびれてしまった。そう気付いた時には、既に上りエスカレーターからだいぶ離れ、本棚が囲む売り場へと入り込んでいた。通路には人も多いし、引き返すのが少し手間だ。

自分の迂闊《うかつ》さを呪《のろ》いつつ、三谷に頼らず、過去の経験をもとに探すことにする。

同じ海外古典でも、訳者が違えばニュアンスが変わる時もある。登場人物の口調が違うこともあり、それによって、抱く印象が変化する時もあった。

そして、出版社ごとにコンセプトが違う場合もある。

私は難解な文章があまり得意ではないので、出来るだけ易《やさ》しいものがいい。大きさが文庫サイズであれば重さは問わず、価格もびっくりするほど高くなければいい。

そうなると、今一般的に使われている言葉で翻訳するというのがコンセプトのレーベルを選んだ方がいいらしい。

三谷の受け売りを思い出しつつ、私は目的の棚に辿《たど》り着いた。

「えっと、著者名はオスカー・ワイルドだっけ……」

確か、棚に差された本は著者別に五十音順で並べられていたはずだ。

そんなことを思い出しながらワイルドの名前を探していると、ふと、同じ場所で止まる手があった。

「あっ」

「す、すいません」

先に手を引っ込めたのは、相手の方だった。

ずいぶんと気弱そうな少年だと思った。制服姿だが、高校生だろうか。

癖っ毛で色白で、目は大きくて顔立ちは整っている。容貌《ようぼう》は女子に好まれそうかとも思ったが、細い眉《まゆ》はどうも自信なさそうな形をしていて、控えめ過ぎる態度は心配になるほどだ。

そういう私も、人のことは言えないが。

「えっと、ごめんね。これを探していたのかな」

私は、ワイルドの〝ドリアン・グレイの肖像〟を手にすると、少年に渡そうとした。

しかし、少年は困り眉を更に下げながら、首を控えめに横に振る。

「い、いえ」

「遠慮しないでいいよ。僕は内容が分かればいいから、別の訳者の本でもいいし」

課題図書や教材であれば、訳者まで指定されているから替えが利かないはずである。棚に一冊しかないその本を、私は彼に譲ることにした。

「すいません……。僕が探していたのは、その隣の本なんです」

「えっ、あ、そうなの？」

しまった。かなり恥ずかしい。

私は恥ずかしさのあまり、差し出した本を棚に戻してしまう。

「隣の本って……」

ワイルドの小説は、他に二冊あった。〝幸福な王子〟と〝サロメ〟である。

〝幸福な王子〟は絵本で読んだことがあった気がする。金箔《きんぱく》や宝石で出来た慈悲深い王子像と、優しい燕《つばめ》による自己犠牲の話だ。だが、もう一つの話は知らなかった。

「こっちを探していたの？」

私が〝サロメ〟を指すと、少年は「はい」と頷いた。

「ちょっと、興味があって」

眉尻《まゆじり》を下げて苦笑をしながら、少年は〝サロメ〟を手に取る。

「へー。僕は恥ずかしいことに、どういう話か知らないんだよね。〝ドリアン・グレイの肖像〟も、ひとが読んでいるのを見て気になったくらいで。君は、読書家なんだね」

読書家と言われた少年は、困ったように微笑《ほほえ》む。

その表情には覚えがある。私もたまにやってしまうが、それは否定の意味だ。

「ごめん。違った……かな？」

「僕も、その……人が読んでいたのが気になったので」

少年は複雑な顔をしている。言葉の一つ一つに、何か、複数の意味を孕《はら》んでいるような気がした。

他人に深入りをするのは失礼かと思いつつも、私はそのまま少年と別れることは出来なかった。

「その人は、読書家なの？」

「えっと、そう……だと思います」

少年はそっと目をそらす。いよいよ怪しくなってきた。彼は一体、何を隠しているのだろう。ますます、放《ほう》っておけなくなってきた。

「あのさ……。お節介だというのは自覚しているから、断ってくれて構わないけど、何か困りごとがあったら、相談に乗るよ」

亜門のように上手く聞き出すことは出来ない。だが、私なりに少年の逃げ道を作りつつ、尋ねてみることにした。

するとしばらく、少年は悩むようにあちらこちらに視線をやっていた。困らせるようならば、謝罪して立ち去ろうと思ったものの、どうやら、どう伝えるべきか言いあぐねているようであった。

「その、友人が」

散々言葉を選んだ様子で、少年はそう切り出した。

「無理心中をさせられそうになって」

「えっ！」

私は思わず声をあげる。売り場にいた数人の客が、不思議そうな顔でこちらに注目した。

「な、何でもないです……！」

私が小声でそう言うと、彼らは何事も無かったかのように視線を戻してくれた。

「ご、ごめん……。つい、吃驚《びっくり》しちゃって」と私は頭を下げた。

「こ、こちらこそ、すいません。そうですよね。吃驚しますよね」

少年もまた、ぺこぺこと私に頭を下げる。このままでは、謝罪合戦になってしまいそうだ。

「無理心中っていうか、相手が思い詰めてそうなりそうだったっていうか……。結果的には未遂だし、無事だったんですけど……」

少年は、考えながら話しているせいか、とてもたどたどしい口調で説明してくれた。

「どうして、そんなことに？」と私は小声で尋ねる。

「友達は、別のクラスの女子に片想《かたおも》いをされていたみたいで……。でも、その女子のことをちゃんと知っているわけじゃないからって、告白を断ったんです……」

「あー、なるほど」

「それで、女子の方が凄《すご》く落ち込んでしまったみたいで……」

「ストーカーっぽくなっちゃったってこと……？」

私は、更に声を抑えた。

「す、ストーカーっていうか……。うーん、何て言ったらいいんだろう。多分、魔が差してしまったんだと思うんです。ひと悶着《もんちゃく》はあったけど、彼女はもう、憑《つ》きものが落ちたみたいで、平気なんですけど……」

友人も無事で、本人は笑って済ませるくらいだったし、と少年は付け加える。

「君は、優しいんだね」

私はつい、そんなことを口にしてしまった。少年は驚いたように、私の方を見やる。

「いや、相手の子のことを気遣ってるからさ。普通だったら、友達が大変な目に遭わされそうになったら、怒ったり怖がったりするのに」

「僕は、お兄さんの方が優しいと思いますけど……」

「えっ、僕？」

思わぬ言葉に、私は目を丸くする。

「だって、見ず知らずの相手のことを、心配してくれますし」

「それは、その……」

改めてそう言われると、妙に照れくさかった。

「友達が、よくやってるから……」

つい、亜門のせいにしてしまう。

「そ、そんなことより、話を戻そう。君の、迷惑でなければ」

私は強引に、話を元に戻した。少年も、「あっ、そうでした」と頷いてくれる。

「それで、その女子が……えっと、読んでいたのが――〝サロメ〟だったんです。そう、そんな感じです」

少年は、自分に言い聞かせるように頷く。私にはそれが少し引っかかったものの、踏み込み過ぎるのは良くないと思い、そっと気付かないふりをした。きっとそこは、立ち入られたくないものがあるのだろう。

「ふむ。それで、〝サロメ〟を読もうとしたんだ」

「はい。その、お恥ずかしながら、僕はほとんど読書をしないから……この本の内容もそこまでよく知らなくて」

少年は、更に困ったように笑いながらそう続ける。

「僕もだから、恥ずかしくないって。……あ、いや、二人して恥ずかしいのかな……」

「それなら、一周回って恥ずかしくないです」

少年と私は、お互いに苦笑し合う。

「相手が持っていた本を読めば、相手のことが理解出来ると思ったのかな?」

「そう……ですね。物語って、人の感情を閉じ込めたものっていうか……自分を映す鏡なんじゃないかと思うので」

「そっかぁ……」

亜門は、相手の人生を本にする魔法が使える。そういう意味では、少年の言ったことは言い得て妙なのか。

それにしても、本を読んで相手のことを読み解くとは、亜門のようなことをしていると思った。

私はいつの間にか、この控えめな少年に共感と興味を抱いていた。そして、彼の周囲の問題も、円満に解決して欲しいと願うようになっていた。

「あ、そうだ。君に紹介したいひとがいるんだ」

「え？　僕に……ですか？」

不思議そうな少年に、「そう」と頷く。

「本がとても好きで、本に詳しいひとなんだ。君の悩みごとを解決する術《すべ》を持っているかもしれない」

「本当ですか……？」

少年の顔に、幾分かの希望の光が射《さ》した。

私の脳裏には、亜門の姿があった。きっとあの賢者は、精悍《せいかん》な猛禽《もうきん》の眼差しで少年の真意に気付き、彼に的確なアドバイスをすることだろう。私に出来るのは、その賢者のもとに彼を導くことくらいだ。

「時間は、大丈夫？」

「あっ、はい」

少年は大きなスポーツバッグを抱え直す。意外とスポーツ系なんだろうか。

それはともかく、私は少年とともにエスカレーターを上り、四階へと向かう。

「うわぁ……。このフロアで降りたのは初めてです。難しそうな本が多いなぁ……」

四階に足を踏み入れた少年の第一声は、これだった。

確かに、歴史や宗教、民俗学などの本がずらりと並ぶ様は、ほぼ毎日赴《おもむ》いている私ですら、未《いま》だに圧倒される。

「まあ、実用書や写真集もこのフロアだからね。そっちは縁があるんじゃないかな？」

「詳しいんですね。スタッフさん……ですか？」

「え、うーん」

私は答えに困る。

一応、古書店〝止まり木〟の店員ではある。しかし、〝止まり木〟はこの建物の正式なテナントではない。亜門が勝手に、魔法の空間とこの建物を繋いでいるのである。

「非合法のスタッフ……かな？」

「非合法の……スタッフ……？」

少年の目が、明らかに不審者を見るそれになった。

怯《おび》えるウサギのように後ずさりをし、あまつさえ、書店のエプロンを身につけた合法なスタッフの方に視線をやる始末である。あれは、目の前の不審者が妙な動きをしたら、助けを求めようという目だ。

「い、いや、非合法だけど怪しいものじゃないから！　君をどうこうしようという気持ちは、これっぽっちもないから！」

言い訳をすればしただけ、怪しさが増してしまう。少年との距離は、今やすっかり手が届かないくらいになってしまった。

これは、信用が完全に無くなる前に亜門のもとに招待しなくては。亜門はあの存在感と雰囲気で相手を包み込み、彼のペースに持ち込むことが出来る。

「そ、その、この奥に店があってね。古書が沢山あって、珈琲が美味しい店なんだ。そこに案内したかったんだよ」

私は早足で、〝止まり木〟の入り口へと向かう。いつもは何気なく通っている本棚と本棚の間の通路が、今日はやけに長く感じた。

幸い、少年はスポーツバッグを抱えながら、用心深くついて来てくれていた。かなりのお人好しなのかもしれない。逆に心配になりつつも、私は突き当たりにある扉の前に辿り着いた。

「ほら、ここさ」

私は木の扉を指し示す。しかし、少年はぎゅっとスポーツバッグを抱き、奇妙なものを見る目を私に向ける。

「か、看板も何もかかってないから怪しげな扉に見えるけど、隠れ家的な場所だからさ。知る人ぞ知るっていう――」

「お兄さん」

少年は、怯え切った声でこう言った。

「そこに、扉が見えるんですか……？」

「えっ？」

「その、ごめんなさい。僕には、壁しか見えなくて……」

少年は、本当に申し訳なさそうにそう告げる。

私はその時、ようやく思い出した。

〝止まり木〟の扉は、縁が失われそうであったり、縁が失われたりした人間にしか見えないということを。

この少年はいずれでもないということを。

その後、少年は〝サロメ〟を持って一階のレジへと去って行った。

「その、疲れている時は仕方ないですよね」とフォローまでしていくという優しさが辛《つら》い。いっそのこと、正面切って変な人扱いされた方が楽であった。

「はぁ……」

私は本を購入するどころではなく、珈琲豆が入った紙袋だけを抱えて〝止まり木〟に戻る。

「おや、どうなさいました？」

亜門は読んでいた本を閉じ、私の方を見やる。

「いえ、実はちょっとした事故があって……」

「どこか、お怪我《けが》をされたのですか？」

亜門の表情は急に険しくなり、慌ただしく立ち上がる。私は慌てて、首を横に振った。

「ち、違います。いや、違わないかも。心はズタズタなので……」

「ふむ。そうなると、まずはその傷を癒さなくてはいけませんな」

亜門は私から珈琲豆の包みを受け取ると、店の奥にあるカウンターへと向かう。どうやら、珈琲を淹れてくれるらしい。私は、その厚意に甘えることにした。

「この店の扉、基本的には縁が切れた人や切れそうな人にしか見えないの、すっかり忘れてました……」

「ほう。どなたかをご案内しようとしたのですな」

「そうなんです。亜門の助言を仰げないかと思って。でも、その子には扉が見えなかったんです」

「ふむ。然《しか》らば、司君が開けて差し上げれば良かったのでは。そうすれば、店の中にご案内することが出来ますぞ」

亜門はそう言いながら、珈琲豆を挽《ひ》く。それを聞いた私は、口をあんぐりと開けたまま固まった。

「そうだ。その手があった……」

「まあ、そうした技を使う機会は稀《まれ》ですからなぁ……」

亜門の言葉に、私はガックリと項垂《うなだ》れた。

「完全に僕、不審者になってました。お店の人に通報されなくて良かった……」

「それにしても、縁が切れかけていたり切れていたりするわけでない方を、何故、我が巣に呼び寄せようとしたのです？」

「それは――」

私は、少年との出会いを亜門に伝える。そして、彼の友人がとんでもない事件に巻き込まれてしまったということや、〝サロメ〟のことも。

作業をしながら聞いていた亜門は、「ふむ」と相槌を打ちながらサイフォンを火にかける。

「なかなか複雑なお話ですな。ともかく、司君がお会いした少年というのは、友人に片想いをしていた人物の気持ちも理解しようとして、〝サロメ〟を読もうとしているということですか」

亜門の確認に、私は頷いた。

「縁を無くしそうとか、縁を無くしてしまったのは、多分その相手なんですよね。その子をここに連れてくるようにアドバイスすれば良かったのかな……」

「いいえ。今回はこれでいいのです」

「えっ？」

私が目を丸くしていると、亜門はすっかり出来上がった珈琲を、コーヒーカップへと移し替え、私のもとへと運んで来てくれる。

ふわりと漂う珈琲の芳香が、落ち込んでいた心にしみわたる。自然と、安堵の溜息が漏れた。

「恐らく、その少年なりに解決に導こうとしているのでしょう。私が手を出さない方が良いかもしれませんな」

亜門は私に、席に着くように促すと、彼もまた向かいに腰を下ろした。

「そんな。亜門はこれまで、色んな人をハッピーエンドに導いて来たじゃないですか」

今更、謙遜《けんそん》するなんてらしくない。そう思っていると、亜門はコーヒーカップに口を付けながらこう言った。

「羽ばたこうとしている雛鳥《ひなどり》に手を貸していては、いつまで経《た》っても羽ばたけませんからな」

何気ないその一言が、私の心の奥深くに突き刺さる。

亜門が言う雛鳥とは、あの少年のことだ。私のことではない。いつまで経っても、亜門のそばを離れられない私のことを咎《とが》めているのではない。

自分にそう言い聞かせながら、心を落ち着かせようと珈琲を含む。苦みが口の中に広がったかと思うと、ほんのわずかな果実の風味がその上を通り過ぎて行った。

「……まあ、確かに。過干渉になり過ぎない方が良いのかもしれませんね。ちょっと気弱そうな子だったけど、僕よりも芯《しん》がしっかりしてそうだし」

少年のことを思い出す。常に控えめな表情をしていたが、その目には、凜《りん》としたような頼もしいものを感じた。名前を聞き忘れてしまったのが悔やまれる。

「しかし、助言が不要でも、一緒に悩むことは出来ます」

「一緒に、悩む？」

「彼は、ワイルドの〝サロメ〟を買って行ったのでしょう？　ならば、司君も読んでみてはいかがですかな？」

「あ、成程。まだ読んだことが無いので、気になりますし……。因みに、どんな話なんですか？」

私が問うと、亜門は含みのある微笑を湛《たた》える。

「ネタバレをしてよろしいのですかな？」

「あ、いえ！　ネタバレをしない程度に解説をお願いします！」

私がそう言うと、亜門の笑みは、ふと寂しげなものになった。

「悲恋《ひれん》の物語ですな。『サロメ』というのは主人公である王女の名前なのです」

「あっ……」

失言だった。亜門もまた、悲しい恋を経験した者だ。悲恋の物語の粗筋《あらすじ》など、語らせるべきではなかった。

「すいません……。やっぱり、自分の目で確かめます。王女ってことは、お姫さまですよね。〝人魚姫〟みたいな感じ……なのかな」

後半は完全に独り言だった。しかし、亜門はそんな一言も丁寧に拾ってくれた。

「〝人魚姫〟は、彼女が生き延びるためには王子の命を奪う必要がありましたが、彼女にそれは為《な》せませんでした」

「そう……ですね。それで泡に――いや、空気の精になったんでしたっけ」

「左様」と亜門は頷いた。

「しかし、サロメ姫は違いましてな」

「王子さまを殺してしまうとか……」

私は、恐る恐る答える。まさか、そんなことはあるまいと思いながら。

しかし、私の想いとは裏腹に、亜門は静かに頷いてしまった。

「はい。相手は王子ではなく預言者でしたが、首を斬《き》ってしまうのです」

「ひえっ」

「申し訳御座いません。ネタバレでしたな」

亜門は少しすまなそうな顔で、珈琲を啜《すす》る。私もつられてカップを口にするが、珈琲の味は感じなかった。

「ネタバレとかもう、どうでもいい領域ですから……。相手を殺しちゃうなんて、ずいぶんとアグレッシブなお姫さまでは……？」

「それ以外にもショッキングなことがあるのですが、それは伏せておきましょう」

「殺すだけじゃないんですか⁉」

目を剝《む》く私に、「はい」と亜門は頷く。何かを堪《こら》えるような表情をしているが、悲恋云々《うんぬん》以前に、粗筋を語りたくてしょうがないのだろう。

「まあ、ご自分の目で確かめた方がよろしいかと……」

「そうですね……。〝ドリアン・グレイの肖像〟よりも先に、〝サロメ〟を読んでみようと思います」

「それがよろしいでしょう。幸い、〝サロメ〟は短い物語ですからな」

「あ、そうなんですね」

長い物語が嫌というわけではないが、今はとにかく結末が知りたくてたまらないので、短いというのは助かる。

「ただし、二回以上読んでみた方がよろしいかと。最初は、衝撃的な結末に気を取られて、大事なことを見落としてしまいそうですからな」

「大事なこと……」

「何故、そうなってしまったのか。ワイルドの作品は、登場人物の心理状態を読み解くのが実に面白いと思っております。物語の展開が劇的で、エンターテインメント性も非常に高いのですが、そこにばかり気を取られていると勿体無いわけですな」

「へぇ……」

慄《おのの》きが興味へと移り変わる。珈琲を含むと、ちゃんとほろ苦い風味を感じられた。

「これもまた、司君の悩みごとを解決する、糸口となればいいのですが」

亜門にそう言われて、ドキッとする。

正面にいる彼に視線を向けると、猛禽の瞳《ひとみ》が父親のような眼差しでこちらを見つめていた。

「今朝、何やら思い詰めていた様子でしたからな」

「あれは、その……」

「私でよろしければ、相談に乗りますぞ。独りで悩むよりも、誰かと悩んだ方が苦しみも半減しますから」

「亜門……」

亜門の声は、包み込むように温かい。まるで、淹れたての珈琲のようだ。

そんな風に手を差し伸べられてしまっては、私はすがりつきたくなってしまう。

「文章を書くのって、難しいなと思いまして」

「ほう？」

藪《やぶ》から棒の話題に、亜門は興味深げに相槌を打ってくれた。

「実は、亜門達との出会いをエッセ――日記に書こうと思ったんです」

エッセイ仕立てにしたいと言うのは、流石《さすが》に憚《はばか》られた。

彼が読んでいる数々の書物の中には、当然、エッセイやら随筆《ずいひつ》の類《たぐい》もある。そんな読書家にエッセイを書きたいだなんて言えるほど、私は厚顔無恥《こうがんむち》ではない。

いや、勇気がないだけなのにそう言い訳をして、予防線を張っているだけなのかもしれないが。

「日記、ですか。良いものですな。現在はすぐに通り過ぎ、過去となってしまいます。記憶は風化し、痕跡《こんせき》は失われるものですからな。しかし、記録をすれば、それは永遠にも近いものになるでしょう」

全面的に肯定《こうてい》されて、私は何やら気恥ずかしくなる。

しかし、私はその賞賛を甘んじて受け入れることの出来る立場ではなかった。

「でも、さっきも言ったように、意外と難しいなと思って」

「日記を書くのが——ですか？」

「え、ええ。ほら、将来読み返した時に、感動を再び味わいたいと思うじゃないですか。でも、感動出来そうな文章にならないっていうか……。どうも、無味無臭の拙《つたな》い文章になっちゃうんですよね」

私は言葉を慎重に選びつつ、話を進める。亜門は気付いているのか、そうでないのか。相槌を打ちながら耳を傾けてくれた。

「成程。司君の言うことは一理ありますな。しかし、感動出来そうな文章とは、なかなかの技量が必要そうですが」

「そうなんですよね。正直、普通の文章を書くのも一苦労で。数行書いただけで、もう、へとへとですよ」

私は深い溜息を吐く。

「いやはや、お疲れのようですな」と亜門は私を労《いた》わってくれる。

「でも、作家は——文章を書いて仕事をしている人は、僕なんかの何倍も、いや、何千倍も文字を書いているじゃないですか。そんなの、よく出来るなと思って」

「ふむ。それは私も興味があるところですな。手紙ならば幾らでも書けるのですが、物語は書けませんし」

物語を書くということをシミュレーションでもするかのように、亜門は顎《あご》に手を当てて考え込む。

「アスモデウス公ならば、ご存知かもしれませんが」

「ああ。アスモデウスさんは、小説を書いてましたよね」

「召喚状を書きましょうか？」

亜門がそう言って立ち上がったので、「ま、待って下さい」と引き止めた。

「それは流石に悪いっていうか……、お邪魔になるでしょうし！」

「アスモデウス公は、司君のことを気に入っていたようですからな。司君が会いたがっていると知れば、お喜びになるかもしれませんぞ」

「そ、それはすごく光栄ですけど……」

亜門の善意に満ちた笑顔から、そっと目をそらす。

亜門は大人であり、良識がある紳士だ。相手の不可侵の領域に入り込もうとはしない。

しかし、アスモデウスは大人だが、悪い紳士だ。必ずや、私の心の内を暴こうと、あの退廃《たいはい》の翼を以《も》って私を包み込み、親睦《しんぼく》を深めると称してねちっこく質問攻めをすることだろう。

それだけは、どうしても避けたかった。

「アスモデウスさんは、まあ、会えた時で良いです。また、この店で再会出来るかもしれないし」

「そうですか？　司君がそう言うなら、私もおふたりが再会出来る機会が来ることを祈るように致しましょう」

亜門は一体誰に祈るのか。恐らく、アスモデウス本人に祈るのだろう。

祈りが通じ、亜門自らアスモデウスに召喚状を出して再会を実現させないことを祈りつつ、私はその日、仕事の終わりに〝サロメ〟を購入して帰宅したのであった。

サロメは美しい王女だった。

それがゆえに、継父《けいふ》である王様からは色目を使われていた。耐えられなくなったサロメは宴の席で王様の元から離れ、囚《とら》われの預言者ヨカナーンを見に行く。そこで、その若き預言者に恋をしてしまうのであった。

サロメはヨカナーンに愛を語り、口づけを求めるのだが、ヨカナーンは侮蔑の言葉とともにそれを拒絶する。

宴に戻ったサロメは王様が求めるままに踊り、その褒美としてヨカナーンの首を要求する。

最終的に、サロメはその首に接吻《せっぷん》をすることで、願いを果たすのであった。

最後の頁《ページ》をめくった瞬間、窓からガタガタという音がして、心臓が口から飛び出しそうになった。

カーテンを開けて窓の外を見やるが、誰もいない。街灯に照らされた夜道が虚《うつ》ろに延びているだけであった。

「風か……」

私は胸を撫《な》で下ろすが、心臓の鼓動はまだ落ち着かなかった。

「それにしても、生首にキスをするオチはヤバい……」

殺してしまうという話は聞いていたけれど、そのネタバレを上回るインパクトだった。

無理心中という話も、この物語に触発されてしまったのかもしれないという気すらしてきた。

そんな私の脳裏に、亜門の顔が過《よ》ぎる。

「あっ……。そうだ。一回読んだだけじゃダメなんだっけ……」

ショッキング過ぎる結末に気を取られていたが、本題はそこではないらしい。

亜門は、ワイルドの小説は過程を愉《たの》しむものだと言わんばかりだった。私もそれを意識して、最初はサロメやそれをとりまく人物達の心境を想像しながら読んでいたが、サロメが王様にヨカナーンの首を要求した時点で、それらは全て吹っ飛んでしまった。

「確かに、二度読みは必要だな……」

飲んでいた珈琲は、既に空になっていた。小休止を挟むつもりで、カップを手にキッチンへと向かう。

私の家は、狭い賃貸だ。キッチンと言っても、玄関から延びる廊下と一体になっていて、手洗い、風呂場と同じ並びにある。

珈琲をドリップで淹れつつ、亜門のサイフォンやマキネッタを思い出す。

私も、ああいったこだわりの器具を購入してみようか。それを毎日使えば、器具にも自分なりの個性が生まれるかもしれない。

「とは思うものの、ついつい、先延ばしにしちゃうんだよな」

日々の暮らしが充実しているので、私のほんの些細な閃《ひらめ》きは、その中にすっかり溶け込んで見えなくなってしまう。どういう決意のもとでそういう結論に至ったのかすら、覚えていないことも多々あった。

「その時の気持ちも、書き記した方がいいのかな」

そうすれば、もし忘れたとしても、見返すことが出来る。それこそ日記なのだろうけれど、亜門のお陰で刺激的な生活をしている私にとって、必要なことのように思えた。

「よし……」

コーヒーカップは満たされた。

私はシュガーをソーサーに添え、自室に戻る。

まずは、今の気持ちを書き留めてみよう。〝サロメ〟を読み返すのは、その後だ。


朝が来た。布団の中で目を覚ました時、机の上のノートパソコンがつけっ放しになっていたことに気付いた。

何をやっているんだと思いつつシャットダウンしようとしたら、ワープロソフトも開きっ放しになっているのに気付く。

「ああ、そうだ。自分の気持ちとか、〝サロメ〟の感想とかを書いてたんだっけ……」

それで、思わず、熱中してしまったのだ。後半はもう、ほとんど記憶がない。布団の中で眠っていたことも、奇跡のようだった。

自分の拙い文章が目に入り、そっと視線をそらす。やはり、毒にも薬にもならない文章であることは変わりがなかった。

「もう少し面白い文章が書けたら、読み返すのも楽しいんだろうけど……」

パソコンをシャットダウンさせながらそう呟く。

しかし、自分の思考を文章化するのは悪いことではないと思った。キーボードをタイピングしている最中で、新たな思考に行き当たることもあるからだ。

昨日はつい見送ってしまったが、やはり文章の書き方を説いた本を買うべきだろうか。

そう悩みつつ、私は朝食を済ませ、身支度を終えて家を出る。バッグの中に、〝サロメ〟を入れて。

平日の朝なので、地下鉄の駅は混雑していた。スーツ姿の男性がかったるそうに歩き、メイクを決めた女性がパンプスの靴音を鳴らしている。

私も数カ月前は、この中の一人だった。それが今や、私服姿で通勤し、友人の店を手伝っているのか、友人の家に遊びに行っているのか、分からない状態だった。

まさか、あの時はそんな未来が待ってるとは思わなかった。皆と同じように、帰って寝たいとか働きたくないとか愚痴をこぼしながら通勤することしか頭になかった。

電車に乗り込むと、よく見れば、スーツ姿や制服姿の人間に混じって、大きなリュックサックを背負っている重装備の人や、車内だというのにサングラスをかけっ放しの人もいる。彼らは一体何者なのか、私が知る由もない。

だが、生き方というのは世間一般の主だったものだけではなく、多様なのではないかと思う。私が亜門に雇われて、非日常を日常的に感じているのも、そのうちの一つなのではないだろうか。

どれが良く、どれが悪いというわけではなく、人それぞれという言葉がよく似合う。

そんなことを思っていると、あっという間に神保町についてしまった。どっと人が雪崩《なだ》れ出る中、私もその流れに身を任せる。神保町は、書店だけではなくオフィスも多い街なので、降りる人も多い。

地下のホームから、それなりに長い階段を昇って地上へと出ると、新刊書店に向かうための路地裏に辿り着く。

レトロな喫茶店が建ち並ぶその狭い道も、今は通勤をする人々でごった返していた。

「そう言えば、結局、結論が出なかったな……」

私は、コーヒー器具を買おうという気持ちを綴った後、〝サロメ〟を再読していた。その時の感想も記したものの、いまいちピンと来ていないのである。

自分の中で、まだ消化し切れていないのだろうか。

それとも、読んだ時の気持ちを言語化する術を持っていないのだろうか。

一先《ひとま》ずは、亜門に読了報告をしよう。その時に、何かヒントが得られるかもしれない。

そう思いつつ道を進んでいると、ふと、視線を感じた。

「誰……ですか？」

あまりにも鋭い視線だったので、つい、振り返ってしまった。すると、路地裏の分かれ道に、軍服を思わせるコートをまとった少年が立っていた。

「僕の気配に気付くとは、流石だな」

風音は鋭い眼差しをこちらに向けたまま、壁に預けていた身体《からだ》を起こしながらそう言った。

「風音《かざね》君……」

「流石っていうか、馴染《なじ》みがある視線だったっていうか……。今日は猫を連れていないの？」

「ルカはトーキョー支部に預けてある」

「あ、名前を付けたんだ」

素敵な名前だね、と言うと、風音の頬《ほお》がパッと赤らんだ。

「そ、そんなことはどうでもいいだろう！　それよりも、お前のそれはなんだ！」

風音は、私のバッグをびしっと指さす。

「な、なんの変哲もない二千八百円の肩掛けバッグだけど……」

「えっ、結構安いな。って、値段はどうでもいいんだ！　あと、バッグ自体も！　僕が言っているのは、その中身だ。何やら、冒瀆的《ぼうとく》なにおいがするぞ」

風音は、警察犬よろしくバッグのにおいを嗅《か》いでいる。

冒瀆的なにおいとはなんだと思いつつも、私は中身を改めてみた。スマホと本と、必要最低限のものしか入っていない。

しかし、風音は布のブックカバーをつけた〝サロメ〟をむんずと掴《つか》んだ。

「これが怪しい」

「えっ、それ？」

「邪教の本じゃないだろうな」

「昨日買った普通の本だよ……。内容は、多少ショッキングだったけど」

風音は、私の弁明など耳も貸さず、布のブックカバーをめくってみせる。暴かれたその中身を見て、拍子抜けしたような顔をしていた。

「なんだ、本当に普通の本か……」

「だから言ったじゃないか。僕って信頼されてないのかな……」

「いいや。お前は騙《だま》され易《やす》そうだからな。お前の保護者が、お前に悪い虫がつかないようにあの猛禽類みたいな目を光らせているだろうが、見逃すことだってあるかもしれない」

遠回しに頼りないと言われ、薄《う》っすらと傷ついた。しかも、いつの間にか、風音も私の保護者と化していた。

「取《と》り敢《あ》えず、荷物検査は終わりかな。返して貰ってもいい？」

私は、風音に手を差し出す。しかし、風音は納得がいかないような顔をしていた。

「確かにこう、冒瀆のにおいを感じたんだがな。そもそも、これはどんな内容の本なんだ？　僕は読んだことが無くて――」

「近親相姦の母から生まれた王女が、己の欲望を満たすために洗礼者ヨハネを処刑する話です」

風音の背後から、穏やかな春風にも似た声が聞こえる。しかし、そこには幾分かの愁《うれ》いと遺憾《いかん》が含まれていた。

「ラファエル様！」

風音が叫ぶ。

現れたのは、ルネサンスの絵画さながらの青年、アザリアであった。伏し目がちな瞳には気まずさと、罪人を糾弾するような複雑な表情を湛え、私の本をじっと見つめていた。

「アザリアさん、どうしてここに」

「最近また、あちらこちらが騒がしくなりましてね。巡回をしていたのです」

「そうだったんですね。お疲れ様です……？」

私のような一般人が、大天使に労《ねぎら》いの言葉をかけて良いものか躊躇《ためら》われたが、アザリアは「恐れ入ります」と微笑んでくれた。

「それにしても、今聞いただけで、かなりのパワーワードが含まれていたような気が……。近親相姦の母から生まれた娘が、洗礼者ヨハネを殺す？」

風音は目を丸くして、アザリアと私の本を交互に見ていた。アザリアは、そんな風音のためにこう語った。

「〝サロメ〟は、ヘロデ・アンティパスが洗礼者ヨハネを殺したというエピソードが元になっているのです。ヨハネは神の子に洗礼を与えた者ですからね。新約聖書では、ヘロデヤの娘――サロメは、母親にそそのかされてヨハネの首を所望したとされています」

アザリアに言われ、風音もピンと来たようだ。「何処《どこ》かで聞いたことがあると思ったら！」と目を丸くする。

「ヨハネの名前は聞いたことがあるような……。ヨカナーンって、ヨハネさんのことだったんですね」

私の言葉に、アザリアは「その通りです」と頷いた。

「私も一度はその本を読んだことがありますが、理解し難いものでした。私の立場が立場なので、先入観があるのかもしれませんが」

アザリアがそう語る一方で、風音は、そっと私に〝サロメ〟を返す。本に向けられる目は、恐ろしいものを見る眼差しに変わっていた。

「まあ、確かに……。宗教的な意味で、アザリアさん達は受け入れ難いところはありますよね」

「ええ。それにその作者は、我々にとっては恐ろしい偏愛《へんあい》の持ち主だったのです。そういう経緯もあり、同志の目にはあまり触れないようにしていたというのもありますね」

風音が未読であることを擁護《ようご》するかのように、アザリアはそう言った。

「成程……。この本はそんな悪書だったのですね。ならば、僕の直感は正しかったわけか」

風音は、気持ちを奮い立てて私をねめつける。

「悪いことは言わない。お前は影響され易そうだし、そいつは焚書《ふんしょ》にした方がいい」

「焚書……!?」

私は思わず〝サロメ〟をかばう。

「僕の冒瀆センサーに引っかかった以上、それは良くないものだ。お前だって、保護者を悲しませたくないだろう?」

風音は、ずいっと私に詰め寄る。彼なりの親切なのかもしれないが、初めて出会った時の、改宗を求める時のそれと変わりがなかった。

「お前が燃やせないのなら、もう一度僕に渡せ。僕がやってやる!」

風音が迫る。私は、思いっきり首を横に振った。

「だ、ダメだよ! これは渡せない!」

「何故だ。意図せず冒瀆的な書物を所持してしまった場合、焚書をした書物の代金はこちらで補償するぞ!」

「アフターケアがしっかりしてる! ……じゃなくて、これは、悪書なんかじゃない!」

私はつい、声を張り上げてしまった。

風音もアザリアも目を丸くし、通勤中の人々も足を止める。だが、私はそちらに気を取られている余裕はなかった。

〝サロメ〟をしっかりと胸に抱き、半歩引いた風音に食って掛かる。

「本に善《よ》し悪《あ》しなんてない。善いことをするか悪いことをするかは、その人次第だ。本はただ、僕達に物語を投げかけてくれるだけだ！」

その本を読んで影響され、同じようなことをする人間がいるかもしれない。だが、逆に、その本を読んで反面教師とし、その本とは逆の道を歩む人間もいるだろう。仮に、反社会的な内容の本を、反社会的な思考を持つ人間が手に取ったとしても、本の中で疑似体験をし、共感することで、その反社会性を表に出さずに済むことだってあるだろう。

「もし、本を読んで悪いことをする人がいたら、本を非難するんじゃなくて、その人自体を非難すべきなんだ。そうしないと、きっと、世の中には模範的で心地の良い本しか残らなくなってしまう。世の中は、上手く行かないことばかりなのに。本の世界に逃げ込みたい時だってあるのに。でもその逃げ込んだ先が、整えられた模範的な世界だったら、その人の心は癒されると思うかい⁉」

毎日同じ時間の同じ通勤電車に乗り、会社ではいつも同じ顔ぶれの同僚ばかり見ていて平凡な日々を過ごしている人は、スリリングな話を求めるかもしれない。常に理性的であり模範的な行動を求められている人は、退廃的な話を求めるかもしれない。失恋の痛みを背負った人は、満たされなかった部分を満たすために幸せな恋愛の話を求めるかもしれないし、同じような悲恋の物語を読み、主人公に共感することで痛みを和らげるかもしれない。

多様性が求められる世の中、私達が旅をすべき空想の世界もまた、多様でなくてはいけない。

私は、そんな想いを以って風音を見つめていた。すると、彼はすっかり気圧《けお》されたのか、あの強気な態度は鳴りを潜め、助け船を求めるようにアザリアの方を見つめる。

「あなたの負け——いえ、我々の負けですね」

アザリアは風音の肩に、ポンと優しく触れる。

「ツカサ」

「は、はい！」

アザリアに呼ばれ、私は思わず背筋を伸ばす。

「あなたにそれだけの強い意志があるのならば、それはあなたにとって良書になることでしょう。野暮を申し上げたことを、謝罪致します」

「や、やめて下さい。そんな、頭なんて下げないで！」

自らも頭を下げ、その上、風音の後頭部をむんずと摑んで頭を下げさせるアザリアに、私は心底慌てる。

「我々も、いずれアモン侯爵のように隠居生活を送るようになるのかもしれません。寂しいことですが」

「アザリアさん……」

顔を上げたアザリアは、困ったように微笑む。

私が声をかけあぐねていると、彼は風音とともに踵《きびす》を返した。風音が、「年金生活になったら、猫カフェでも開こうか」と呟いていたのは、聞かなかったことにしよう。

「それでは、また。今度お会いした時は、ゆっくりと珈琲を飲みながら、あなたの読書談義を聞きたいものです」

「そんな。読書談義だったらむしろ、亜門の方が……」

「では——」

アザリアがそう言うと、強い風がごうっと私を包み込む。大きな鳥が羽ばたくような音とともに、彼らの姿は消えていた。

大きく真っ白な羽根がひらひらと目の前に落ちてきたが、私の手の上に乗る前に、淡い光となって消えてしまったのであった。

出勤した私を迎えてくれた亜門は、満足げな笑みを浮かべてくれた。

「ど、どうしたんですか?」

「いいえ。達成感に満ちた表情だと思っただけです」

亜門は訳知り顔で微笑む。まるで、天使達とのやりとりを、全て知っているかのようだ。

「〝サロメ〟は読まれたのですか？」

「ええ、まあ。あの物語が言わんとしていることは、まだ消化中ですけど」

昨晩言語化したお陰で、だいぶ、自分の中の感想が見えて来た。しかし、それを咀嚼《そしやく》するには、少し時間が必要かもしれない。

「左様ですか。サロメ姫の行い、さぞ、驚かれたでしょう？」

「そう……ですね。ラストはポカーンとしてしまいました……。でも、二回目に読んだ時には、かなり印象が変わったというか、彼女のことが、よく分かった気がします」

「それは結構」

亜門は、それだけで充分だと言わんばかりに、深く頷いた。

「では、あとは例の少年と語り合う時間が必要ですな。お互いで感想を話し合えば、見えてくることもありましょう」

「それが、連絡先も名前も知らなくて……」

私はガックリと項垂れる。

しかし、亜門は落ち着いた様子でこう言った。

「この店が軒を借りている新刊書店に来たということは、家が近所であるか、学習参考書などを買いに訪れる機会があるということです。司君は毎日のように売り場を歩いておられますからな。またいずれ、お会いすることでしょう」

「ははは……、そうですね」

亜門の言葉は確信に満ちていた。

そのお陰で、私の心の不安は、珈琲の香りとともに虚空《こくう》へと消えて行ったのであった。


そして、亜門の予言は本当になった。

夕方、二階の売り場をうろついていたところ、また、あの少年と出会ったからだ。

「あっ、あの時の……」

少年は、幽霊でも見るかのような顔でこっちを見ていた。その気持ちは分かる。まさかこの短期間で、偶然にも再会するとは思わなかった。

「昨日は、変なところを見せちゃったね。きっと、白昼夢を見ていたんだ」

私は下手な嘘《うそ》を言って、見えない扉を見せようとしたという珍事件に終止符を打った。

「因みに、昨日の本は読んだの？」

「は、はい。一応……。ただ、僕はそんなに本を読んだことがない所為《せい》か、噛《か》み砕くのに時間が掛かっちゃって」

申し訳なさそうな彼に、「僕もだよ」と肩をすくめた。

「お兄さんも、読んだんですか……？」

「うん。別の訳者さんの本だけどね」と私は答えた。

「サロメ姫のこと、どう思った？」

私の問いに、少年は考え込むように唸《うな》る。彼は相変わらず、やけに大きなスポーツバッグを持っていた。学校の帰りなのだろうか。

「うーん。実を言うと、事前に知り合いから大まかな内容を聞いていて、その時は、怖いお姫さまだなと思ったんです。でも、ちょっと違うかも……って」

少年は、答えを確かめるようにこちらを見やる。私は何も言わず、ただ、相槌のように頷いてみせた。

「彼女は、孤独なように思えたんです。義理の父親にセクハラまがいな目で見られているところなんて、可哀想《かわいそう》でしたし……」

「うん。それは僕も思った」と私は同意する。

「彼女は孤独だけど、純粋で、情熱的で……。それがどうしようもなくて、ああいう結末になってしまったのかなって。彼女が欲しかったのは、ヨカナーンの首ではなくて、彼女がしたかったのは、口づけではなくて。ただ、純粋に愛し、愛されたかったのではないかと思ったんです」

私は、少年の考察を黙って聞いていた。彼が、私の気持ちを言語化してくれているように感じたからだ。

「口づけを果たした後に、ヨカナーンの首に語りかけるシーンがあるじゃないですか。あのシーンを読んで、きっとサロメは、こんな結末を望んでいなかったんじゃないかと思って」

「そう……だね。僕も、ずっとそのシーンに違和感を覚えていたんだ。君の意見を聞いたら、何だか腑《ふ》に落ちたよ」

「い、意見っていうか、ただの感想ですけど」

少年は照れくさそうにうつむいた。その謙虚さに、思わず頭を撫でたくなってしまう。相手は高校生だし、撫でられて喜ぶ歳でもないだろうけど。

「……人間が、どうしようもなくなった時に起こす行動って、良くも悪くも思い切ったものになると思うんです。だからきっと、サロメも、件《くだん》の女子も、どうしようもないという衝動に動かされて、とんでもない行動を起こしてしまったのではないかって」

「その女の子のこと、僕は知らないけれど、彼女のどうしようもない気持ちがあったから、〝サロメ〟を読んだのかもしれないね。行動を起こした後か前か分からないけど、共感して気持ちを抑えたかったのかもしれない」

少年も、私の言葉に、成程といった表情で顔を上げた。

「そっか……。そうですね」

少年の中で、何かが納得出来たらしい。少年の表情は、それくらい晴れやかなものであった。

「有り難う御座います。見ず知らずの僕の話を聞いてくれて」

少年は去り際、私に深々と頭を下げた。

「いや、別にそんな……」

「しかも、僕と同じ本まで読んでくれたみたいで……」

少年は、恐縮するように微笑む。本当に、控えめで礼儀正しい子だ。このまま、真っ直《まっす》ぐと文学青年として成長して欲しいくらいだ。

「まあ、僕も興味があったし。大したことじゃないよ」

私も少年に微笑み返す。売り場のガラス張りの壁に映った自分の表情が、少年と同じくらい控えめな表情で、つい、苦笑いに変わってしまった。

「そう言えば」

去り行こうとした少年は、ふと、足を止めた。

「彼女が――サロメが身近にいたら、どうでしょうかね？」

「彼女が身近に⁉」

全く思いもよらなかった質問に、私は思わずひっくり返った声をあげる。

「う、うーん。すごく美人だけど、結構したたかなところもあるしね。僕は簡単に手玉に取られそうな気がする……」

「ははは……。僕もです」

少年もまた、困ったように笑う。

「でも、何となく我儘《わがまま》を聞いてあげたい気もする。少なくとも、悲恋にはしたくないな。彼女が幸せになる道があるのならば、僕はそれを考えたい」

私の発言に、少年は目を丸くしていた。あんまりにも虚を突かれた顔をしているので、

「……かもしれない」と自信なさそうに付け足しておいた。

しかし、少年はふっと微笑む。

「彼女が幸せになる物語、考えてみるのは良さそうですね」

少年はそう言うと、私に再び頭を下げて、売り場から去って行った。スポーツバッグを重そうに抱え、よたよたと歩いて行くものの、その歩みは驚くほどに真っ直ぐであった。

悲劇だからこそ美しいのかもしれないが、それでも私は、幸福を願わずにはいられない。全員が笑って終わるような結末が、来ればいいのに。

「どうしようもないから行動する——か」

人間はどうしようもない状況に陥った時に、感情や激情の奴隷となって、平常では理解し難い行為に走るのかもしれない。

「文章を書くっていうのも、そうなんだろうな」

作家の全てがそうとは限らないが、彼らは己の中の熱に突き動かされているだけなのかもしれない。そこに、理性的な理由は野暮なのだ。

その推測は、確信へと変わっていく。

私の中のどうしようもない熱は、下手な文章しか綴れない身体だというのに、私を突き動かそうとして治まらなかったのであった。

幕間　熟成された珈琲

私が〝止まり木〟に出勤すると、テーブルの上が本で埋め尽くされていた。

「あ、亜門、これは……？」

店内には、客のためのテーブルが幾つかあるものの、店の奥に行くにつれて、積み上げられた本の数は多くなっていった。しかし、テーブルの上で本が塔を築いているのとは逆に、付近の本棚はがらんとしていた。

「お早う御座います、司君」

本棚の前にいた亜門は、開いていた本をぱたんと閉じ、私に紳士然とした笑みを向ける。

「店内の本の、棚替えをしようと思いましてな」

「それで、手近なテーブルに本を積み上げて行って、新刊書店の開店時間の前までに終わらせようと思ったものの、読書に没頭してしまったので終わっていない……とかですかね」

「素晴らしい。名推理ですぞ！」

「ははは……」

私は半笑いになることしか出来なかった。

亜門の性格からして、客をちゃんともてなしたいはずなので、客が席に着けないような有様にしているのは不自然だった。ということは恐らく、人間の客が来る可能性のある新刊書店の開店時間を避けようとしたのだろう。しかし、いつものように作業の途中で読書を始めてしまって、あっという間に時間が過ぎてしまったのだ。

「本を更に増やしても平気なよう、棚のジャンル替えをしようと思いましてな。しばらく購入していないジャンルは縮小しようと思ったのです」

「あ、成程《なるほど》」

私は鞄《かばん》と上着をクロークに放《ほう》り込み、作業を手伝うべく腕をまくる。

「亜門はもっぱら、文学系の本を買いますしね。専門書の棚を縮小させるんですね」

「そうですな。専門書も興味深いのですが、物語があるわけではありませんからな」

「寧《むし》ろ、物語を読むのが好きな亜門が、物語性の無い専門書を購入しているのが凄《すご》いですね……」

積み上げられた本は、主に私の頭が痛くなりそうな難しい専門書だった。

医学、理工学、言語学、宗教学など、分厚くて文字がびっしりと書かれているものが多く、必要に迫られない限り開くことはないだろう。

「その時代の人間が、どのような価値観を持っているかを知るのに必要なことですからな」

　専門書の山を見ている私に、亜門はそう答えた。

「そういうことですか……」

　私は、妙に納得してしまった。

　このテレビも新聞もインターネットも無い環境で、世間のことを知るには本が手掛かりになるということか。

「例えば、現代の日本で怪我《けが》をされた方に古代エジプトの治療師が行う呪術《じゅじゅつ》を教えても仕方がありませんからな」

「それは寧ろ、怪我をしていない時に詳細を聞いてみたいですね……」

　勿論《もちろん》、それを本気で実行するのが目的ではなく、興味の一環として。

「あっ、これは小説じゃないですか」

　山積みの本を確認していた私の手が止まる。堅苦しい専門書ではなく、美しい装丁《そうてい》の単行本がまじっていた。

「おお。有り難う御座います。その本を探しておりましてな」

　私の手から、亜門へと託す。

　すると、彼は大きな掌《てのひら》で、慈しむようにその表紙を撫《な》でた。

「こちらの本が見当たらなかったので、心配していたのです。いやはや、専門書にまじっていたのですな。私としたことが、戻す棚を間違えていたとは、お恥ずかしい……」

「良かったですね。それは書庫へ持って行くんじゃなくて、引き続き、店内に？」

「そうですな。新緑が美しい季節に、もう一度読みたいと思っておりましたので」

表紙は、鮮やかな緑が彩っていた。イラストは繊細な筆遣いだったが、そこに描かれた木々は生命力に満ち溢《あふ》れていた。今にも絵の中から根を這《は》い出させ、枝葉を伸ばし、店内を覆い尽くしてしまいそうだった。

「何だか、不思議な絵ですね。綺麗《きれい》だし繊細なんですけど、包み込むような優しさよりも、逞《たくま》しさがあるっていうか」

「こちらの装丁、私も気に入っておりましてな。実は、装丁が目についたので購入した本なのです」

「へぇ、ジャケ買いなんて珍しいですね」

著者名を見てみたものの、私の知らない作家だった。亜門曰《いわ》く、それがその作家のデビュー作なのだという。

「どんなに面白い小説でも、手に取られなければ意味がありません。そういう意味では、装丁というのは重要なのです。こちらは、美しい装丁と同じくらい、興味深い内容でしてな」

「当たりだったわけですね」

「左様」と亜門は頷《うなず》く。

「興味があれば、司君にもお貸ししましょう」

「それじゃあ、新緑の時季にでも」

私は、亜門の先ほどの言葉で返す。すると、亜門はくすりと笑った。

「そうですな。この本を読むのに適した時季にでも」

亜門は片目を閉じ、その本を奥の指定席の机に置く。これならば、もう紛れたりしないだろう。

「さてと。早く終わらせてしまわなくては。お客さまが来てもおもてなしが出来ませんからな」

「そうですね。まあ、この状態だと喫茶店には見えないので、ちゃんと古書店だって分かって貰《もら》えそうですけど」

「ふむ。この状態の方が古書店だと認識されるのであれば、このままでも……」

「えっ、流石《さすが》にそれは。ごちゃごちゃしていて、僕も落ち着かないですし」

「冗談です」と亜門は澄まし顔で言った。

「本がこのような状態というのは、私も心苦しいものですからな。それに、巣が荒れていると、私も落ち着かないのです。羽づくろいをしないまま過ごすようなものですからな」

かなり分かり難《にく》い喩《たと》え話をされた私は、曖昧《あいまい》に頷くことしか出来なかった。

「まあせめて、出入り口近くの席は先に空けておいた方が……」

私はそう言って、出入り口付近の席へと向かう。そこに積み上がった専門書に手を伸ばそうとした、その時だった。

コンコン、と扉をノックする音が聞こえる。何処《どこ》か勿体《もったい》ぶったようなリズムだ。私は、この雰囲気を知っている。

「どうぞ」と亜門が扉に向かって声をかけると、ぎぃと扉が開いた。ねっとりとした空気が入り込み、私の首筋を撫でていく。私は思わず、ぷるりと身震いをした。

「御機嫌よう、侯爵殿」

「アスモデウス公」

扉を開けて現れたのは、帽子を目深にかぶった退廃的な紳士であった。爽《さわ》やかな朝には大凡《おおよそ》似つかわしくない妖しい笑みを湛《たた》えながら、彼は入って来た。

「やあ、ツカサ君もいたのか。これは奇遇だね」

彼独特の迫力に圧《お》されながら、私はぎこちなく頭を下げる。

「に、日中はほぼいるので……」

「ようこそ、我が巣へ。本日は珈琲《コーヒー》を飲みにいらしたのですか？」

亜門はアスモデウスを迎えるべく、テーブルの上に積まれた本を倒さないよう慎重にやって来る。

「いや、多少相談ごとがあってね」

「……僕は席を外しましょうか？」

私はそう申し出る。だが、アスモデウスは私の離席を許さなかった。

「いいや、構わんさ。大したことじゃない。それに、吾輩《わがはい》はツカサ君を気に入っていてね」

「きょ、恐縮です……」

曖昧に笑い返しながら、やって来た亜門の後ろにそっと隠れる。そんな私を庇《かば》うように、亜門はアスモデウスに尋ねた。

「相談ごととは？　私で良ければ、お話をお聞きしますぞ」

「実は、城の一室を空ける必要が出てね。倉庫として使っていた部屋を、整理していたのだが……」

アスモデウスは、店内の様子を眺めて口を噤《つぐ》む。

「正に、このような状態ということですかな……？」

「……侯爵殿の店に来るつもりが、城に戻ってしまったのかと思った」

「というか、あなたが自ら整理をしていたのですか？」

「いいや。大半は城の者に任せていたのだがね。一時期、吾輩が収集していたものが大量に出て来たので、手に負えなくなったそうだ」

「ああ。コレクションは本人しか弄《いじ》れないですしね……」と私も納得する。

収集品を本人以外が整理すると、悲劇が起こる。

他人にとって不用品にしか見えないものも、本人や一部の収集家にとってはお宝だということも少なくない。最悪の場合だと、整理していた者が収集品を全《すべ》て捨ててしまったという話も聞く。全ての収集品を妻に捨てられた夫が、生きる気力を無くしてしまったという話も聞いたことがあった。

「一体、どのようなものが出て来たのです？」

亜門は、一瞬だけサイフォンがあるカウンターの方を見やる。珈琲を淹《い》れようと思ったのだろう。しかし、席がほとんど本で埋まっている様を見て、頭を振った。

「まあ、主に絵画と――」

「絵画と？」

私と亜門は続きを促す。しかし、アスモデウスもまた、奥のカウンターの方を見やり、頭を振った。

「ああ、申し訳御座いません。今、珈琲をお出ししますので」

「いや、そういうわけでは……まあいい、頂こう」

アスモデウスにしては歯切れが悪い様子で、手近な席に腰を下ろした。

私はそのテーブルの上に積まれた数冊の本を別のテーブルに移し、亜門はカウンターの向こうへと赴《おもむ》いた。

　亜門が豆を用意する様子を、アスモデウスは黙って見つめている。思いつめたような表情に、私は首を傾《かし》げた。

　あれは、相談したいことのきっかけを得ようとしている表情のような気がする。そう思っていると、亜門の「うっ」という呻《うめ》き声が聞こえた。

「ど、どうしました？」

「失念しておりました。昨晩、珈琲を飲もうと豆を挽《ひ》いたのですが……」

　亜門はミルの中を覗《のぞ》きながら、がっくりと肩を落とす。

「すっかり忘れて、読書に没頭してたわけですね……」

「そうですな……。いやはや、とんだ失態です……」

「その粉、そのまま使うわけにはいかないんですか？」

　私が尋ねると、亜門は渋面を作りつつ、ミルごと手渡してくれた。

「香りを嗅《か》いでみて下さい。粉を吸い込まないように」

「は、はい」

　私は昨晩挽いたという珈琲の粉を嗅いでみる。すると、いつもならばふわりと漂う珈琲の香りは、ほとんどしなかった。

「だいぶ、香りが抜けてますね……」

「珈琲は挽きたてが一番なのです。放置しておくと、風味が飛んでしまいますからな」

「それ、どうするんですか？」

「お客さまにお出しするわけには……」

と言うものの、捨ててしまうのは忍びないらしい。亜門が躊躇《ちゅうちょ》していると、席の方から声が飛んで来た。

「吾輩はそれでも構わんさ。客と言っても、旧知の仲じゃないか。侯爵殿が珈琲を粗末に扱いたくないという気持ちは充分に理解出来る」

「しかし、かなり味気の無いものになりますが……」

亜門は既に、過去に同じ失敗をしているのだろう。その言葉は、妙に実感がこもっていた。

「侯爵殿に珈琲の粉を捨てさせる方が心苦しい」

アスモデウスは、寛大にそう言った。

しかし、本当にそれは、彼の善意と友情のみから来るものなのだろうか。私には、他にも意図があるような気がしてならなかった。

「お心遣い、痛み入ります」と亜門は、香りがあまりしない珈琲の粉をサイフォンに投入する。その間、私は人数分のカップを用意した。

いつもならば、暖かな空気とともに珈琲のほろ苦い香りが店内を満たす。しかし今日は、いつもに比べたら控えめで、少し物足りないものになっていた。

頃合《ころあ》いを見計らって亜門がカップに珈琲を注ぎ、私はそれをアスモデウスの席まで持って行く。

全員が席に着いたのを見計らい、「頂きます……」と私はカップに口をつけた。

「ふむ……」とアスモデウスもまた、珈琲を一口飲み込む。亜門も、「成程」と苦い顔をしていた。

「やはり、気が抜けたような味になってしまいましたな」

「確かに、ちょっと拍子抜けっていうか……。でも、美味《おい》しくないわけじゃないので」

私は亜門にフォローを入れる。実際に、風味が悪いというわけではなかった。ただ、物足りないのである。

「成程ね。こういうことか」

アスモデウスは、納得したように頷く。

「いっそのこと、熟成しないものかと思ったのだがね」

「豆を粉にしてしまっては、あとは風味が飛ぶだけですからな。煎《い》っただけであれば、話は別ですが」

「あ、そうなんですね」

私は目を瞬《まばた》かせる。

「はい。焙煎《ばいせん》をしただけであれば、じっくりと熟成させるのも悪くはないでしょうな」

「でも、亜門はあまりやっていない気が……」

「それは、私に堪《こら》え性が無いからですな。全くやっていないわけではないのですが、すぐに消費してしまうのです」

亜門は恥じ入るように、目を伏せる。すぐに珈琲が飲みたくなってしまうので、熟成させる時間が惜しいのだろう。

「ほう、挽かなければ熟成も可能ということか。因《ちな》みに、どのくらいまでならば熟成可能なのかな?」

「残念ながら、試したことが無いので。あまり長い間熟成させていると、挽き時を逃してしまいそうですが」

「ふむ……」

アスモデウスは腕を組んで考え込む。私と亜門は、顔を見合わせた。

「アスモデウス公は、熟成豆に興味が?」

今ある豆をお譲りしましょうか、という亜門に、アスモデウスは「結構。間に合っていてね」と首を横に振った。

「話は変わるが、この辺りに額縁《がくぶち》を売っている店はあるかな。せっかく、浮世《うきよ》までやって来たんだ。用事の一つを済ませてしまいたい」

「ふむ、出て来た絵画を飾るわけですな。——司君、お願い出来ますかな？」

「えっ、僕ですか」

亜門にいきなり振られ、私は目を丸くした。

「私がお手伝いをしてもよろしいのですが——」

亜門は、積み上げられた本を眺めて言葉を濁す。

「出来ることならば、お戻りになられる前に少しはまともな状態にしたいと思いまして」

「そう……ですね」と私は頷く。

「アスモデウスさんが、僕で良ければ」

「ああ、構わんさ。いずれにせよ、愛《いと》しき我が友人だからね」

アスモデウスはにんまりと微笑《ほほえ》む。勿体無いほど有り難い言葉のはずが、裏のある言葉に聞こえてしまう。

その後、珈琲を飲み終えて身支度をする私に、亜門がそっと耳打ちをする。

「アスモデウス公の本題は他にありそうですからな。あの様子だと、無理難題や深刻過ぎる問題を抱えているようではなさそうですが、話したがるようでしたら聞いて差し上げて下さい」

私で解決出来そうにないのならば、遠慮なく自分に振って欲しいという旨を付け加えつつ、亜門は私に託した。

ったのであった。

「分かりました。善処します……」

私はそう頷き、帽子をかぶり直して店の外に出ようとするアスモデウスの方へと、向か

新刊書店から出ると、外は快晴だった。

私達が出た出入り口は、車両の往来が激しい靖国《やすくに》通りではなく、反対側のすずらん通りだった。日中はほとんど歩行者ばかりが通っているこの道こそ、昔はメインストリートだったらしく、表神保小路と呼ばれていたそうだ。

老舗《しにせ》の文具屋や、カフェを併設している書店もある。勿論、古書店もあり、カレー屋や中華屋も揃《そろ》っている。

「どうかな。また天ぷらでも」

アスモデウスは、暖簾《のれん》がかかる〝天ぷら　はちまき〟を顎《あご》で指す。

「まだ十一時ですよ。それに、亜門も待ってますし」

「それもそうだ。まあ、ランチタイムは労働者が集うだろうからな。彼らの邪魔をするのも無粋かな」

アスモデウスは肩をすくめた。

「意外と労働者に優しいですね……」

「現代のこの国の労働者は、煉獄《れんごく》よりも重い責め苦を味わっているそうじゃないか。そんな彼らの僅《わず》かな楽しみを奪うほど落ちぶれてはいなくてね」

「……いっそ、その煉獄とやらに就職した方がいいんですかね」

「煉獄は、あってあるものを敬愛する者のための場所さ。日本の労働者が行けると思うかい？」

「宗教的に……難しそうですね」

私はそっと目をそらした。勿論、ちゃんとそちら側の宗派の人間もいるかもしれないが、そうでない者が大半だろう。煉獄に行っても門前払いをされるのは目に見えていた。

「それにあそこは、死者が救われるために責め苦に遭うところだ。労働をする場所じゃない」

「煉獄は救われるけど、労働は救われない……」

「そういうことさ」

両者の決定的な違いはそこにある、と言わんばかりにアスモデウスは頷く。

「じゃあ、いっそ地獄に就職するとか……」

「コキュートスは寒いぞ」

アスモデウスは意地悪な笑みを浮かべた。

「煉獄は暑いが、コキュートスは寒い。網走《あばしり》刑務所よりも寒い」

「網走刑務所って、今は暖房設備がちゃんとしているみたいですよ……」

微妙に分かり難い喩《たと》えを出してくれた。コキュートスというのは、私達が言う地獄のことだろうか。

「まあ、各々の結界や城の中はそこまでではないがね。試される大地以上の寒さに耐える根性が必要だ」

「それは……キツイですね」

「それに、領地を取り仕切る者が、各々の規則で管理しているからな」

「じゃあ、休むことなく働かされるっていう……」

「いや。それぞれの領主——いわゆる、雇用主が気に入れば、働かなくても衣食住には困らないだろう」

「それって完全にヒモじゃないですか……」

最早《もはや》、労働者云々《うんぬん》という話ではない。

「その流れで、嫁や婿を複数迎える者もいる」

「ああ……。完全に石油王の世界だ……」

私は、自身の目が遠くなるのを感じた。

「かく言う吾輩も、そういった者のための部屋を作らなくてはいけなくてね」

「成程……」

それで、部屋を空けるために整理するということか。額縁も、その部屋に飾るものなのだろう。

ならば、雰囲気のいいものを選ばなくては。

私は、すずらん通り沿いにある画材店の前で立ち止まり、そう決心した。

「雇用主に養われるようになるのって、よくあることなんですか」

背の高い石膏《せっこう》像が見下ろす中、私は店頭にずらりと並んだ額縁に視線を落とす。

「ああ。どれ……労働者は天涯孤独《てんがいこどく》な者も多い。そういう者には、庇護《ひご》欲がそそられてね」

「今、奴隷って言おうとしましたよね……」

私達の感覚に合わせて、わざわざ労働者と言い換えてくれていたのか。いや、それ以前に、魔界の奴隷と浮世の労働者が同じ位置で語られるのが、なかなかに解せない。

「浮世の労働者は、魔界の奴隷以下か……」

「気にすることはない。そうじゃないところだって、在るじゃあないか」

アスモデウスは、さらりとそう言った。

「そう……ですね」

とにかく、地獄の奴隷以下の劣悪な環境で働いている人々は、早くそこから逃れて下さいと切に祈る。

「あっ、因みに、入れようとしている絵画《かいが》はどのくらいのサイズなんですか？」

私は大小さまざまなサイズの額縁を眺めながら問う。

「ふむ。これくらいかな」とアスモデウスは、その中の一つを選んだ。なかなか大きな、白くて余計な装飾の無い額縁である。

「しかし、絵画自体がシンプルでね。これでは、少し物足りないな」

「それじゃあ、もう少し豪華なやつを探しましょうか。予算は——」

「特に上限は決めていない。選ぶのが面倒くさくなったら、この店ごと買うさ」

「神保町の歴史あるお店を買収しようとしないで下さい……」

「冗談だよ」

アスモデウスは肩をすくめる。

「アスモデウスさんのは、冗談に聞こえないんですよ……」

「では、予《あらかじ》め、冗談だと前置きしておこうか」

「それは余計に怪しい案件ですね……」

これは冗談だが、と先に言われたら、その裏をかいて何かを企《たくら》んでいるのではないかと警戒してしまう。

「あっ、これなんかどうです。この金縁の」

過剰な装飾は無いが、しっとりとした金色の額縁を選んでみせる。あまりギラギラしていないので、下品ではない程度に高級さもアピール出来そうだ。

「ふむ。悪くない」

アスモデウスは額縁を手にし、額の中の虚空《こくう》を見つめる。城にある絵画をはめた姿を想像しているのだろう。その横顔は真剣で、私は黙って見つめていた。

そう言えば、〝止まり木〟にいた時の彼は、どうも落ち着きが無かった。亜門が気付いたように、何かを気にしていたようだが、もう解決したのだろうか。

「よし、これにしよう。少し待っていたまえ」

アスモデウスはそう言ってレジへと向かう。手持無沙汰《てもちぶさた》の私は、そこら中に置かれた額縁を一つ一つ観察する。

私の平凡な部屋には、勿論似合わない。だが、〝止まり木〟にはどうだろう。

それこそ、先ほど亜門が持っていた本の装丁のような美しい絵を飾れば、あの幻想的な古書店がより魅力的になるのではないだろうか。

正しく、本の中の世界のように。

「ツカサ」

「は、はい！」

アスモデウスに呼ばれ、背筋をピンと伸ばす。

「欲しい額縁でもあったのかな？　吾輩が買い与えてやってもいいが」

丁寧に梱包された額縁を手にしたアスモデウスが、にやりと笑う。私は、ぷるぷると首を横に振った。


「い、いえ。僕には過ぎたものなので……」

「そんなことはあるまい。好きな画家はいないのかな？」

「いえ、美術は本当に分からなくて……」

「ふむ、勿体無いな。日本は素晴らしい絵師が多いじゃないか」

「葛飾北斎《かつしかほくさい》とか……？」

「ああ、彼も良い。しかし、現代のウェブ上にも多いだろう」

「神絵師ってやつですね⁉」


投稿サイトやSNSにイラストをアップロードし、大勢の閲覧者から支持を集めているイラストレーターらのことだ。神のように尊敬されているからか、神のような技術を持っているからか、それともその両方のためか、彼ら彼女らは神絵師と呼ばれていた。

「吾輩は、好みの絵師はチェックしていてね。勿論、新作を上げれば『いいね』をする。感想を送る時もあるな。それが絵師の活力になるし」

アスモデウスは、さも当然そうな顔でそう言った。実にマメな閲覧者である。


「アスモデウスさんは、妙なところで俗っぽいんだから……」

「時代は変わるものだからな。その時代の最先端が何なのかを気にしなくては。いつまでも、ゾロアスター教の魔術に固執《こしつ》しているのも時代遅れだし」

「ゾロアスター教……」

アスモデウスの原点はそこか。

詳しいわけではないが、確か、拝火教《はいかきょう》と呼ばれる宗教だったはずだ。恐らく、亜門やコバルトと同じく紀元前組だろう。

「ウェブと本の違いはあるけど、アスモデウスさんも亜門もちゃんと時代に合わせようとしているんですね」

「勿論。我々は、人智が及ばない知識や術も持っているからな」

「オーバーテクノロジーってやつですか？　それだと、時代から外れたことをすると、浮世のバランスが崩れちゃいますよね……」

「まあ、それはいい」

「いいんですか⁉」

新刊書店の方へと歩き出しながら、アスモデウスはしれっとした顔で答えた。

「人間と取引する時に、理解が及ばな過ぎるものをチラつかせても意味がない。理解が及ぶ範囲で、旨味《うまみ》があるものを交渉のテーブルに乗せなくては」

「そうだった……。アスモデウスさんは生粋の魔神でしたね……」

元々が善神であった亜門やコバルトとは違い、アスモデウスはゾロアスター教の時代から人間を堕落させようとしている。先日の一件で心が通じ合ったとは言え、常識が通じ合ったわけではない。

「さてと、行こうじゃないか」

「はぁ、そうですね……。店では亜門が待っているでしょうし、お城では絵画も待っているでしょうし」

「そう。絵画と——」

「絵画と？」

アスモデウスは口を噤む。そしてそのまま、苦虫を噛《か》み潰《つぶ》したように顔を歪《ゆが》めた。

「な、何か、不都合でも……？」

恐る恐る尋ねると、アスモデウスは頭を振った。

「いや。忘れかけていたことを思い出しただけだ。出来ることならば、いっそ、忘れたままでいたかったたな……」

「それは、どういう……」

「侯爵殿の住処《すみか》で話そう」

アスモデウスは、それなりに大きな額縁をひょいと抱え、さっさと新刊書店へと歩いて行く。取り付く島もない彼の背中を、私は慌てて追いかけたのであった。

〝止まり木〟に戻ると、店内はだいぶ片付いていた。

「おふたりとも、戻られましたか」

亜門は紳士然とした微笑みで私達を迎えるが、いつもはきっちりと整えられた前髪が、僅かに乱れて、額に張り付いている。

恐らく、急いで本を片付けたのだろう。幾ら、物事の最中で本に没頭する常習犯とは言え、店内が乱れている状態で客をもてなすのは我慢ならなかったようだ。

そういうところは、人間味があって好感が持てる。完璧《かんぺき》な紳士に見えて、そうでないところがあると思うと、自然と緊張感がほぐれるのだ。

それに比べて、アスモデウスはあまり隙《すき》が無く、腹を割って接した後でも、やはり緊張感がある。

「お目当てのものは入手出来たようですな」

亜門は、アスモデウスが手にしている荷物を見やる。

「ああ、お陰様でね。君の友人が案内をしてくれた」

アスモデウスは、私の背中をポンと叩《たた》く。私は慌てて背筋を伸ばした。

「司君も、すっかりこの辺に詳しくなりましたな。毎日のように通勤をしている分、私よりも詳しいのでは？」

「いえいえ！　通勤中なんて、家とここの往復しかしてませんって。それに、亜門の方が長くいるじゃないですか」

「折角、面白い街なんだ。往復だけとは勿体無い」

アスモデウスは、手近な席に腰掛けながら口を挟む。

「侯爵殿は、ツカサがもっと街を散策出来るように、おつかいを沢山頼めばいいんじゃないかな？」

「ふむ。それも一理ありますな」

亜門は納得してしまった。

「まあ、無理難題でなければ、別に良いですけど。一応、従業員ですし……」

忘れがちだが、私だって労働者の立場だ。

しかし、今や亜門にすっかり甘やかされてしまっている。地獄の住民は、無闇《むやみ》やたらに労働者を甘やかしたがるのだろうか。

「司君も、私と会った頃より、ずっと頼もしくなりましたからな。任せられることも、多くなりました」

「そこまででもないですよ……。まだ、出来ないことも多いし」

亜門が手放しに褒めるので、照れくさくなってつい否定してしまう。

「胸を張って下さい。これは私の本音ですぞ。少しずつですが、司君は確実に成長しております。それこそ、熟成された豆のように」

「熟成された豆……」

ぽつりと呟《つぶや》いたのは、アスモデウスだった。ハッと我に返ったような表情で、上着の懐の辺りを押さえている。

「どうなさいました？」

「いや……」

心配そうに顔を覗き込む亜門に対して、アスモデウスは露骨に目をそらす。まるで、悪戯《いた》《ずら》を咎《とが》められた子供のように。

「本題を思い出してね。まあ、今聞かなければ、機会を逃し続けるだろうから——」

アスモデウスはそう言って、懐から何かを取り出す。

ごとっと重そうな音を立ててテーブルの上に置かれたのは、古びた陶器の瓶であった。古びていると言っても、白磁《はくじ》がややぼけたような色合いになっているくらいで、綺麗なものだった。蓋《ふた》はきっちりと締められていて、中身は分からない。

「何ですか、これは？」

私が瓶に手を伸ばしながら尋ねると、アスモデウスは深い溜息《ためいき》を吐《つ》いて答えた。

「豆だ」

「豆」

私と亜門が復唱する。

答えた。

「熟成豆だ」とアスモデウスは、自らの失態を大いに省みるかのように、頭を抱えながら

「……成程。何やら様子がおかしいとは思ったのですが。もしや、これは珈琲豆では？」

「えっ、熟成された珈琲豆⁉」

亜門の問いかけと、私の叫びに、アスモデウスは頷く。

「倉庫として使っていた部屋から出て来てね。何処にも見当たらないと思っていたが、まさか、あんなところにあったとは」

中に珈琲豆が入っていると思わなかった誰《だれ》かが、倉庫部屋に保管してしまったのか。それとも、別の要因があってのことかは分からない、とアスモデウスは付け足す。

私は、その瓶から嫌な予感しかしなかった。直感が優れていなくても、それは確実だ。何せ、あのアスモデウスが話題にするのを躊躇したほどである。

「焙煎後、ですかな」

「ああ。焙煎後だ」

アスモデウスは、亜門の目を見ずに答える。

「ふむ。先ほども申し上げましたように、焙煎しただけの状態であれば、熟成するのは寧ろ良いことかもしれませんな。ひとによって、好みはあるとは思いますが……」

亜門は、私が瓶を手に取るのを眺めながらそう言った。

「焙煎をした後ですと、時間が経《た》つにつれて珈琲豆は劣化します。焙煎豆は、珈琲独特の香りがするでしょう？」

亜門に問いかけられ、私は「は、はい」と答えた。

「あれは、珈琲豆から二酸化炭素のガスが放出されているわけです。それが、香りの成分を乗せているわけですな」

「それじゃあ、二酸化炭素が多く排出されると、香りも無くなって行くっていう……」

「鋭いですぞ、司君」

亜門は片目をつぶる。

「香りが無くなってしまうと美味しくなくなってしまいますが、その前の段階であれば、ひとによっては美味しく感じる場合があります。それこそ、焙煎直後の珈琲豆よりも」

「へぇ、そういうものなんですね……」

香りがある程度飛んで、刺激が少なくなった方が好みだという者もいるのだろう。私も控えめな味わいの方が好きなので、どちらかと言うとそちら派かもしれない。

「その、熟成して美味しい期間というのは？」

アスモデウスが、ようやく顔を上げて尋ねる。

「私の感覚では、大体、一年くらいですな。それ以上になると、香りが無くなってしまうでしょう」

「成程」

アスモデウスは遠い目になる。私は、瓶を携えたまま尋ねた。

「因みに、こちらは何年ものなんですか……？」

「聞きたいかな？」

「後学のために……」

好奇心は猫を殺すと言うが、珈琲豆の熟成期間を尋ねたところで死にはしないだろう。

私は曖昧な愛想笑いを湛えつつ、アスモデウスの答えを待った。

「熟成期間は、これだ」

アスモデウスは、人差し指をすっと立てる。

「一年……ですか？　あっ、微妙に一年を越えたっていう……」

そうでないような気がしながらも、私は答える。隣では、察しが良い亜門が顔を覆っていた。

アスモデウスは、達観したような微笑を浮かべる。

「単位は年じゃない。世紀だ」

「一世紀……」

私は、手にしていた瓶をそっとテーブルの上に置き、半歩後退した。

「百年レベルの熟成期間……」

「開けて確認をされたのですか？」

亜門の問いに、アスモデウスは首を横に振る。

「もう、残っていないかもしれませんな……」

「吾輩も、そう思えて来たよ」

アンティークの白磁が、急に骨壺に見えて来た。中には、すっかり萎《しぼ》んでしまった豆の残骸が積み重なっているのだろうか。

「いやはや、開けて確認をするのも気が引けてね。侯爵殿の見解を聞いてから、心の準備をしようと思ったのだが」

「既に飲めない状態になっていることを予感されていたのですな。それで、私に聞くのも躊躇していたと」

「侯爵殿は話が早い」

アスモデウスは、椅子《いす》にもたれかかりながら深い溜息を吐いた。

「まったく、勿体無いことをした」

「い、意外ですね。アスモデウスさんが、物を大事にするタイプだったなんて」

「それは、一世紀も焙煎豆を取っておいた吾輩への皮肉かな？」

「ち、ち、違いますよ！　一瓶の焙煎豆をわざわざ持って来て、しかも、飲めるかどうか確認するのに時間がかかるなんて。普段のアスモデウスさんだったら、さっさと確認して、然《しか》るべき処置をしそうだと思って……」

「恐らく、倉庫部屋を片付けたことが関連しているのでしょうな」

亜門は、アスモデウスの傍《かたわ》らにある額縁を眺めながら言った。

「侯爵殿には何でもお見通しのようだ」

アスモデウスは肩をすくめる。

「整えた後の倉庫部屋に入るのは、元料理番でね」

倉庫として使っていた部屋に保管していたものを全て出し、購入した額縁に入れた絵画を飾り、その他家具も揃えた後に入る相手——つまりは、アスモデウスの寵愛《ちょうあい》を受けて寿退社をすることになった元労働者のことだ。

「食材の欠片《かけら》すら残さずに調理するという腕前の持ち主だった」

「ああ……」

私と亜門は、察したような声をあげる。

「それは、仮に処分しようとしたのなら、止められますな」

「一世紀も過ぎたのであれば、アモン侯爵ですら捨てようとすると反論したら、本人に聞いて来なさいと言われてね」

それで、〝止まり木〟を訪れたということか。

「というか、滅茶苦茶尻《しり》に敷かれてるじゃないですか……」

私は、あまりにも意外で、目を丸くする。

「アスモデウス公は、昔から気が強い方がお好きなのです」と亜門が補足する。

「従順ではつまらないからな。多少、反抗してくれた方が吾輩は楽しい」

アスモデウスはしれっとした顔で答える。

それだからサラに惹《ひ》かれたのか、それとも、サラのことがあったからそうなったのか。

いずれにせよ、一貫していると納得してしまった。

「まあ、精々機嫌を取るのを楽しみとしよう」

アスモデウスは、傍らの額縁に視線をやる。

「だったら、もう少し高いものの方が良かったのでは……」

「金が好きな者は、好みではなくてね」

アスモデウスは、肩をすくめる。つまり、高いものだからいいという相手ではないのだろう。パートナーは年収ウン千万以上でないといけないとか、石油王と結婚したいという人間をすがすがしく一蹴《いっしゅう》してくれた。

「アスモデウス公は、素朴と誠意を愛する方がお好きですからなぁ」

「敢《あ》えて難易度が高い方を選ぶんですね……」

それはそれで、尊敬してしまう。

「まあ、一世紀熟成した焙煎豆も、ただ捨てるのでは許して貰《もら》えないだろう。幸い、あの娘は作物を育てるのが好きだ。土に混ぜてやれば無駄にはならない」

「そうですな。次の命に繋がることでしょう」

アスモデウスの提案に、亜門は納得したように頷いた。

「そう。塵は塵にと、あってあるものも言っていたしな」

「くっ……」

亜門は唐突に顔を背けた。

確か、今のは旧約聖書に書かれていたような気がする。聖書ネタに弱い亜門が肩を震わせて笑いを堪える様を、私とアスモデウスは遠い目で見守っていた。

「失礼。やはり、聖書冗句を不意打ちで聞くのは良くありません。どうも、何かが込み上げて来てしまう」

「侯爵殿の妙なツボも久々に見られて満足したことだ。吾輩は帰るとしよう」

アスモデウスは満足そうに立ち上がると、額縁をひょいと担ぎ上げて踵を返す。

「それでは、御機嫌よう」

「アスモデウス公も、お元気で。お相手に宜しくお伝え下さい」

亜門と私が見送る中、アスモデウスは手を振る代わりに帽子を高く掲げ、帰路につく。

ぱたんと扉が閉まると、私は長い溜息を吐いた。

「フフ、お疲れのようですな」

「いやぁ、何だかずいぶんと濃い時間を過ごした気がして。でも、まさかアスモデウスさんが、奥さんになるひとの尻に敷かれているなんて思いませんでした」

「まあ、あの方は大体あのような感じですな。パートナーの機嫌を取るための相談に乗ることはままあります」

「ああ、初めてじゃないんですね……」

魔神だし、王の一人で、長い寿命の持ち主だ。何人もパートナーがいてもおかしくはない。

「流石に今回は、司君がいたのでバツが悪かったようですが」

亜門はそう言って、カウンターの向こうへと歩いて行く。

「尻に敷かれてると知られたら、威厳が保てなくなりますしね……」

「そうですな。基本的に、相談をする相手も厳選しているようです。私を選んで下さったのは、なかなかに光栄ですな」

それは納得が出来る。亜門は口が堅そうだし、醜聞《しゅうぶん》も好まなそうだ。今、アスモデウスの事情を少し暴露したのも、私が当事者の一人になったからだろう。

亜門はサイフォンで珈琲を沸かしてくれる。私は、ふたり分のカップを用意した。このやりとりも、いつの間にか、率先して出来るようになっていた。

亜門が淹れてくれた珈琲をテーブル席へと持って行き、私達は向かい合って腰掛ける。

「こちらが熟成豆の珈琲になります。どうぞ、お召し上がり下さい」

「一世紀の熟成豆……ですか……？」

「一年弱ですな」

私の冗談を、亜門はさらりと受け流す。

私は「頂きます」と断りを入れて、熟成された珈琲を啜《すす》った。

「あっ、成程。やっぱり風味が違いますね」

確かに、珈琲の香りはかなり控えめになっていたが、その分だけ風味がまろやかになった気がする。

私の言葉に、亜門は深く頷いた。

「そうですな。司君でしたら、こちらの方がお好みかもしれません。熟成豆もこれからはお出ししましょう」

「わぁ、有り難う御座います」

「それに、熟成させたものは、一年経つ前に消費しなくてはいけませんからな」

「わぁ……、そうですね」

過ぎたるは猶《なお》及ばざるが如《ごと》しという言葉が、実によく突き刺さる。塵が塵に返る前に、ちゃんと熟成豆を味わわなくては。

新たな味わい方と、新たな緊張感を胸に、私は熟成珈琲を楽しむ。焙煎されて少し経ってから淹れられた珈琲は、待ちわびた瞬間を喜んでいるかのように感じられた。

第二話　司、亜門と書の未来を考える

四苦八苦の末、亜門と出会った時のことをようやく書き終えた。

四百字詰めの原稿用紙にして三枚程度であったが、一週間ほどかかってしまった。仕事から帰宅してから書いていたとは言え、亀の歩みもいいところだ。

「あー、疲れた……」

私は脱力すると同時に、深い溜息《ためいき》を吐《つ》いた。この調子だと、現在の話を書けるのはいつになるやら。

しかし、達成感はあった。

胸の中に堆積《たいせき》していた想《おも》いが、一気に吐き出されたようだった。もしかしたら、それらはずっと、私の中で何らかの形になりたかったのではないかと思うほどだった。

この調子で、少しずつでも書いて行こう。私の中の、まだ形になっていない気持ちは、更に大きなうねりとなって、私の内側を激しくノックしているから。

自室にある時計を見れば、すっかり深夜になっていた。そろそろ床《とこ》につかなくては、明日の出勤に影響が出てしまう。

だが、達成感を得た私は、たった原稿用紙三枚分の文章が醸し出す誘惑に勝てなかった。

自分が書いた文章を、読み返したくて仕方がなくなったのだ。

もしかしたら、これは傑作なのかもしれない。

無事に全《すべ》てを書き上げた時、これを発表したら、いきなり書籍化の打診が来て、有名人が帯に絶賛コメントをくれ、書店でタワー積みにされ、発売直後に重版が掛かるかもしれない。そしたら、あらゆるマスコミが取材に殺到し、自分は「いやー、初めて書いたエッセイで、こんなにヒットするとは思いませんでした」なんてコメントをするようになるかもしれない。

「……いや、そんな馬鹿な」

達成感が見せる妄想を、冷静に振り払う。

世の中、そんなに上手《うま》く行くはずがない。それに、私は小心者だ。マスコミにマイクなんて向けられた日には、卒倒《そっとう》してしまうだろう。いや、書店に本が並んだ時点で、心臓が止まりそうだ。むしろ、公開した時点で息の根が止まるかもしれない。

「でも、亜門には喜んで貰《もら》いたいな」

完成したら、まず初めに、亜門には読んで貰いたい。どんな美辞麗句《びじれいく》もいらないけれど、ただ、喜ぶ顔が見たかった。「ああ、このようなこともありましたな」と言われながら、一緒に思い出を振り返りたい。

彼が振り返る思い出を、一つでも喜ばしいものにしたい。そんな願望が、文章を書いている時に常にあった。

今は、その想いにそっと蓋《ふた》をして、パソコン上に表示されている文章を読み始める。

たった原稿用紙三枚。すぐに読み終わると思ったが――。

「やばいぞ……。何だか、スラスラ読めない……」

書いている最中に、あまり面白い文章ではないなと思ったところは、完成してもやはり面白い文章ではなかったし、それどころか、全体を通して読むと、どうもちぐはぐで不協和音を奏でているような気がする。

その日の夜、私は薄い布団の中で夢を見た。

それは、亜門に私の文章を見せた時、国語の先生よろしく赤字をびっしりと入れた文章を返却されるというものだった。

「ひどい顔だ」というのが、上りエスカレーターを上がった先で鉢合わせた三谷の第一声だった。

「そんなに、ひどいかな……」

私は鉛のような溜息を吐く。今なら、猫背の三谷に負けないくらい背中が丸まっている自信がある。

「お前、顔だけは良いんだから、もう少ししゃきっとした方がいいと思うよ」

「顔だけって……」

私は少なからず、ショックを受ける。

「いや、褒めてるじゃん。顔は良いって」

「それは、その、きょ、恐縮だけど！　だけ、ってこともないんじゃないか⁉」

食って掛かる私に、三谷は煩わしそうな顔をする。彼はブックトラックから大量の本を抱えて、棚の方へと足を向ける。

「他はお前、普通だし」

「普通」

「凄《すご》く良くもないし、悪くもない。日本人ウケすると思うぜ、うん」

三谷はさらりとそう言って、本を棚に差しに歩き出した。

「日本人ウケって……」

確かに、日本人は普通であることに固執する傾向にあるなと思いつつも、そんなことはどうでもいいのだというもう一人の自分の声に、我に返った。

「いやいや。僕は、普通は要らないって。なんかこう、もう少し個性が欲しいっていうか」

三谷は、私の言葉に足を止めてくれた。と思ったら、商品を納品する棚に着いただけだった。

「へぇ。お前、あんまり目立ちたがらなかったのに、そういうこと言うんだ」

「自分が書いた文章が、酷《ひど》くて」

「まだエッセイを書こうと頑張ってるのか」

へー、と気の無さそうな声を出しながら、三谷は本を棚に収めていく。隙間《すきま》がちらほらとあり、ガタガタになっていた本棚は、書店員の手によってみるみるうちに整えられ、活《い》き活きとしてくる。

「まあ確かに、文章には個性があった方がいいよな。企画書や仕様書みたいな文章は、読者も読みたくないだろうし」

「それはよく分かる……。僕は数行読んだだけで閉じちゃいそうだし」

私は、三谷の横で何度も頷《うなず》いた。

「で、お前の文章はどんな感じなんだよ。この前は、無味無臭って嘆いていたけど」

「ああ。それが、どうもつっかえちゃって。何だか、スラスラ読めないんだ」

「はーん。成程《なるほど》ね」

「本の文章はちゃんと読めるから、僕の読解力が無いんじゃなくて、文章力が駄目なんだと思う……」

「作文をしたことは？」

三谷の質問に、私は記憶の糸を手繰り寄せる。

「学生時代に、授業でやったくらいかな。高校ではやった気がする……」

大学でもレポートを書いた記憶はあるが、作文というほどでもなかったはずだ。それは、同じ大学の同じ学部だった三谷もよく知っている。

「じゃあ、単純に書き慣れてないんじゃね？　練習あるのみだって」

「そっか……」

「この前も言ったみたいに、どんな作家だって、生まれた時から名文が書けたわけじゃないし。まあ、上達のスピードに個人差はあれど、練習したら、いつかはある程度にはなるさ」

「うん……、有り難う」

すっかり励まされてしまった。

三谷の態度はあけすけで、ズバズバと言ってくれるので、逆に助かる。彼の励ましの言葉は、ストレートに胸に響くのだ。

「初めて書いた小説で、いきなり文学賞を取ってベストセラー作家になる人もいるけど、そういうのは、文章を練習するというのを別のところで補っていたのかもしれないって思うぜ。いい本をいっぱい読んでいたとかさ。例えば、走り方が上手いアスリートの動きをずっと見てたら、いざ自分が走る時に、結構うまく走れるような気がする」

飽くまでも憶測だけど、と三谷は付け加える。

「僕は、ちゃんと本を読み始めたのは最近だからなぁ……」

「じゃあ、地道に努力するしかない」

私のぼやきに、三谷はばっさりとそう答えた。

やはり、近道は無いということか。

「それにしても、文章で思い出したんだけどさ」

三谷は、いつの間にか空になった両手を持て余しつつ、そう言った。話しているうちに納品を終えてしまったらしい。

「小説を書くAIのニュース、見た？」

「小説を書くAI？」

私は思わず、鸚鵡《おうむ》返《がえ》しに尋ねてしまう。「そう」と三谷は頷いて続けた。

「AI——つまり、人工知能が小説を書くんだ。こういうのが話題になると、必ずと言っていいほど、ロボットが人間を超える時が来たとかなんとかいう奴《やつ》がいるけど、そのロボットを作ってるのは人間だからな、ってツッコみたくなる」

三谷は私見を交えつつ、そう言った。

「つまり、技術者が凄いっていう話？」

「そういうこと」と三谷は頷く。

「それにしても、小説を書くロボットっていうのも凄いな。工業は既にロボットがかなり導入されていて、サービス業もロボットを導入し始めたけど、クリエーター業は人間じゃないと出来ないって言われてたじゃないか」

「ああ。現に、その小説を書くロボットに世界的ベストセラー小説の続編を書かせたら、えらいことになった。主人公が延々と階段から転げ落ちたりしてな」

「あっ、上手く行かなかったのか……」

私は内心で安堵《あんど》する。

クリエイティブな仕事も奪われてしまったとしたら、人間は一体、何をして生きればいいのだろうか。

余暇を過ごす時間が増えるとは言われているけれど、余暇を楽しむのにはお金がいる。そのお金は、仕事で稼がなくてはいけない。だが、人間に残された仕事とは何だろうか。最終的に、技術者と経営者しか残らない未来が脳裏を過《よ》ぎり、私はその身を震わせた。

「まあ、上手く行かなかったとは言え、精度を上げれば、将来はＡＩが書く小説なんかも売られるのかもしれないな」

そう言う三谷の目には、何処《どこ》となく哀愁が漂っているように見えた。

「三谷は、どう思うんだ？」

「どうって？」

「ＡＩの書いた小説、読んでみたいと思う？」

「興味はある」

三谷は即答だった。だが、その言葉には続きがあった。

「でも、それを推しまくって売りたいかというと、微妙なところだな。まあ、書店的には、最初の頃《ころ》は『ＡＩが書いた小説が初の書籍化！』みたいな文言が書かれた大きなパネルを展示して、話題性という波に乗りつつごり押しするだろうけど」

「まあ、書店員も霞《かすみ》を食べて暮らしているわけじゃないだろうしね。それに、売れれば関《かか》わった人達が助かるわけだし」

「そういうこと」と三谷は深く頷く。

「でも、ＡＩが書いた小説が棚のほとんどを占めるようになったら、違うなと思うな、俺は」

私は、自分たちの周囲に置かれた本棚をぐるりと見やる。今は当たり前のように、人間が書いた書籍が並んでいるものの、いずれその中の幾つかが、機械が書いた書籍となってしまうのだろうか。

三谷の言葉を借りるならば、人間の技術者の努力の結晶と言えるのだろう。しかし、それは本当に正しい姿なのだろうか。

「とは言え、今自動化されているものも、最初は受け入れ難かったのかもしれないな。洗濯だって、昔は洗濯板で頑張ってただろ？　洗濯機が導入された時は、機械にやらせるなんて愛情が無いって言われてたかもしれないぜ」

「確かに……。駅の自動改札だって、昔はパンチを入れる駅員さんがいたんだっけ」

「そういうこと。でも、パンチの駅員さんが超頑張っても、都心の通勤ラッシュはさばけないだろうからなぁ」

ラッシュ時は、自動改札ですら列が出来るというのに、人力でやっていたら長蛇の列になってしまうだろう。ＩＣカードのチャージを忘れて自動改札で弾《はじ》かれると、背後から舌打ちが聞こえるほどに殺気立っている状態で、駅員さんにパンチをさせるのは酷というものだ。

洗濯だって、機械が導入されたからこそ、全国の家事をやる方々は、冬の寒い日に皹《あかぎれ》を作りながら、汚れた服を洗濯板に押し付けて力仕事をやらなくても済むようになった。

だが、小説は？　物語は？

それらは、自動化する意味はあるのだろうか。

「本が物凄く売れていて、作家不足っていう感じでもないから、ＡＩ小説家ってあんまり意味が無い気がするんだけど……」

「俺もそう思うけどな。むしろ、今はウェブを介することでデビューする機会が増えたから、作家は人手が足り過ぎている気がするんだよな。新しいレーベルもぽんぽん出来てさ。新人の作品もどんどん出てくる」

「それじゃあ、ＡＩ小説家が生まれたとしても、需要は無いかもしれないな」

「どうだろうな」

胸を撫《な》で下ろした私に対して、三谷は不穏な言葉をこぼした。

「作家がＡＩになると、誰《だれ》でも本が出せるようになる。それこそ、今出版社がやっている、新人を発掘してデビューさせたり、作家と綿密に打ち合わせたり、時にはぶつかり合ったり、必要とあらば原稿を取り立てたりするようなことをしなくても、本が出せるんだ」

「そうか。その機械さえあれば……」

「そういうこと。それこそ、ＡＩの精度が高くなり、個人で持てるようになれば、誰もが自分の読みたい物語を読めるようになる。読みたい物語が出るのを待つ必要も無くなって、書店で探す必要も無くなる」

それを聞いて、背筋が寒くなった。

例えば、平凡で変化の無い毎日を送っている社会人が、異世界に冒険に出る小説が読みたいと思うとする。

それを、家庭用ＡＩ小説家にリクエストすると、書いてくれるというのか。中世ファンタジー風であったり、中華ファンタジー風であったりを選べて、ヒロインやヒーローも自分の理想像を作れてしまう。コメディ調であったり、シリアスな展開であったり、大河ファンタジーであったり、好きな作風に出来てしまう。何なら、歴代の文豪の文体を真似《まね》ることも出来るかもしれない。

　三谷は、淡々とした様子で私にそう語った。

「太宰治《だざいおさむ》風味の中華ファンタジーだって出来るかもしれないな。主人公が、ウサギ耳のミニチャイナ服美少女と心中しようとする冒険譚《ぼうけんたん》。ヒロインは他にも三十人くらいいて、主人公はとにかくモテるんだけど、最終的には心中しようとするっていう」

「シュール過ぎる……」

　しかも、マニアックだ。怖いもの見たさで読んでみたいと思ってしまった自分がいる。

「ただまあ、そんな風に自分で思うように作ったものは、他人と話題を共有し難《にく》いのが難点だよな。感想を語り合うのが出来なくなるのは寂しいと思う」

「確かに……」

「それに、疑似体験を求めるニーズなら、ＶＲに先を越されそうな気もするけどな。いや、もう越されてるかもしれない」

「……最終的には、どうなるんだろうな。ＡＩ小説どころか、小説そのものの存続が危ぶまれているような気もするけど」

　私の言葉に、三谷は顎《あご》を擦《さす》りながら答える。

「将来的に、小説は極めて文学的な作品しか残らなくなるんじゃないのか？　かなり高尚な趣味になりそうな気がする。小説は、文章を正しく読み、想像を膨らませなくてはいけない。そこが難しいと感じる人間が増えるんじゃないか？　俺は好きなんだけどね。想像の余地があって」

想像の余地があるという話は、私も全面的に同意出来る。

ゲームなんかは、ヴィジュアルがあり、音声や効果音やBGMがあり、自分で思うように操作が出来る。何の苦労もなく、仮想世界の中に入っていけることだろう。

しかし、小説は違う。文章を頼りに、情景を思い浮かべ、五感で触れられる全てを自分で作り上げなくてはいけない。

だが、それは自分にとってどこか懐かしい風景であったり、心地よい香りであったり、深層心理に眠るイメージであったりする。

必要最小限の情報から構成される世界は、自分と向き合うために必要な世界であったりもする。

「じっくり味わうなら、小説が一番かな。ゲームもマンガもすごく好きだし、世界観にぐいぐいと入り込めるんだけど、読後感を一番噛《か》み締められるのは、小説のような気がする」

「でもまあ、現代人は忙しいしな。昔と比べて、町中の情報量も格段に多い。そんな中で、じっくりと読後感を愉《たの》しむという人間は、減ってるのかもしれない」

三谷は、いつの間にか私と向かい合っていた。彼が、面と向かって話をするなんて、なかなか珍しいかもしれない。いつもは、あまり正面から視線を合わせないというのに。

「ハクスリーの〝すばらしい新世界〟のようになる日は、意外と近いのかもしれないな」

「人々が、シェイクスピアを知らない時代……」

「そうならないように頑張るのも、書店員の——文芸に携わる者の役目なんだと、俺は思う。あと百年後、寧《むし》ろ、五年後のことすら分からない。でも、人が本を求める時間を、少しでも長く出来るのは俺達なんじゃないかって」

三谷の目には、火が灯《とも》っていた。普段は死んだ魚のような目をしているのに、その瞳《ひとみ》の奥には闘志が滾《たぎ》っていた。

「人間には、人間にしか紡げない物語がある。そして、人間はそれを絶対に求めている。俺は、それを信じたい」

「……僕もだ」

私達はお互いに深く頷き合い、それ以上語らなかった。

私の目にも闘志が宿っていたのか、三谷はどこか満足そうな顔をしていたのであった。

私が〝止まり木〟の扉を開けると、珈琲《コーヒー》の香りとともに、ねっとりと粘つくようだが、どこか抗《あらが》い難い声が迎えた。

「やあ。お早う、ツカサ」

客席に座っていたのは、帽子を目深にかぶった紳士、アスモデウスであった。彼は気だるげな視線を私に向け、にやりと笑う。

「あ、アスモデウスさん……」

「先日は、世話になったね」

「いえ……。お役に立てたのなら何よりです……」

相変わらずのところを見る限りでは、元料理番の機嫌は取れたのだろう。

「久々に朝の浮世を散歩してみたのだがね。爽《さわ》やかな朝じゃないか。この国の王の城の周りでは、人間が追われた山羊《やぎ》のように走っていたよ」

朝の爽やかな空気は、アスモデウスの前で霧散《むさん》した。皇居ランナー達は、この退廃的な雰囲気を醸し出す日本人離れした紳士をどう思ったことだろう。

「というか、皇居の前まで行ったんですか」

「敷地の中までは入らなかったがね。あそこは結界が張られている。興味本位に破って、諍《いさか》いを起こしたくもない」

「あなたが好戦的な性格じゃなくて、心底良かったと思います……」

私は溜息を吐き、コートを脱ぎながら中へと進む。

奥のカウンターでは、亜門が珈琲の準備をしているところだった。

「お早う御座います。司君の分までお淹《い》れしているので、ご安心下さい」

「あ、いや、寧ろ手伝いますよ」

「では、淹れた後にカップを持って行って下さると、助かりますな」

火にかけられているサイフォンから、ぐつぐつという音が聞こえる。中のお湯が、丁度沸騰し始めたところであった。

「ツカサの見解には誤りがある」

客席の背もたれにゆったりと寄りかかったまま、アスモデウスは言った。

「どの辺り、ですか？」

「吾輩《わがはい》は、それなりに好戦的な性格さ。ただ、この国の神々と争ったところで利益は無い。元々、寛大な土地だからね」

アスモデウスは肩をすくめる。

「ああ、確かに。一神教じゃなくて、多神教ですしね」

「その通り。そんなところで暴れるのは紳士のすることではない。こちらも礼節をわきまえなくては」

彼は彼なりのポリシーがあって行動しているようだ。読めないことが多い相手だが、その点は安心が出来る。

「さて。いい塩梅《あんばい》になりましたぞ。司君、こちらをアスモデウス公に」

亜門はサイフォンを傾け、アスモデウスの分の珈琲を淹れる。私はそのカップを受け取り、彼のもとへと運んだ。

「どうも」とアスモデウスは私と亜門に笑みを向ける。彼の、何らかの企《たくら》みを抱いているかのような含み笑いは未《いま》だに慣れないので、私の笑顔は引きつってしまった。

サイフォンには、きっちり三分の二が残っている。恐らく、それが私と亜門の分だろう。巧みなものだと感心していると、唐突に嵐《あらし》が訪れた。

「御機嫌よう！　本の隠者とその友人と——ああ、アスモデウスか」

大きなシルクハットをかぶった、派手な青年が現れた。目が覚めるほどの青髪の、美貌《びぼう》のマッドハッターである。

「コバルトさん！」

「吾輩は城に帰ろう。アモン侯爵、珈琲はまた次の機会に」

私が客の名を呼んだのと、アスモデウスが立ち上がったのは、同時だった。お互いに自分のペースに引きずり込もうとするコバルトとアスモデウスは、どうも相性が良くない。

だが、アスモデウスが出口から出ようとするところで、コバルトがその腕をむんずと摑《つか》んだ。

「待ちたまえ！　パーティーはこれからだ！」

「パーティーは君の頭の中だけでいいんじゃないか？　イカレ帽子屋よ」

アスモデウスは猛毒を含んだ皮肉めいた視線をコバルトに向けるが、当の本人はケロッとしていた。

「俺の頭の中だけじゃ勿体無《もったいな》い！　君にも分けてやろう！」

コバルトが浮かれた声をあげる。彼の動きに合わせて、シルクハットから垂れ下がるレースが揺れた。反り返るほどに長い睫毛《まつげ》に縁取られた瞳を見開き、無邪気な顔をする様を、退廃の紳士はいかにもうんざりした表情を包み隠そうともせずに見ていた。

「いいや。そういうものは、そこのお人好しなツカサや、親切なアモン侯爵にでも分けてやってくれ」

アスモデウスはコバルトの手を振り切り、今度こそ帰ろうとする。しかしその背中に、コバルトはこんな言葉を投げ掛けた。

「逃げるのか、アスモデウス」

ツンと唇を尖《とが》らせたコバルトに対して、アスモデウスは立ち止まる。

「吾輩を臆病者《おくびょうもの》と捉《とら》えるのかな？」

「どう捉えるかは、君に任せようじゃないか」

コバルトは手近な席にさっさと腰を下ろす。出口の方を向いていたアスモデウスは、唐突にこちらを振り返ったかと思うと、ツカツカと靴音を立てて席へと戻る。

「……吾輩の心に火をつけたことを後悔するがいい」

アスモデウスは、何やら闘志を燃やしていた。こう見ると、なかなかに負けず嫌いのようだ。

事の成り行きを黙って見守っていた亜門は、場が収まったのを見計らって尋ねた。

「ふむ……。コバルト殿、珈琲は少量でも？」

ふたり分の珈琲しか残されていないサイフォンを手に、亜門は首を傾《かし》げる。すると、コバルトは演技がかった仕草で両手を広げながら答えた。

「アスモデウスよりも、少なくなければ構わないぞ！」

「……司君、我々はいつもの半分の量に致しましょう」

亜門は私に囁《ささや》く。

「べ、別に、僕はいいですよ。お冷とかで……」

「それはいけません。同じサイフォンで沸かした珈琲を、皆で飲むことに意味があるのです」

亜門はそう言って、コバルトの分と私の分、そして、亜門本人の分を注《つ》ぐ。半分と言ったのに、彼の分は私よりもずいぶんと少なかった。

「あわわ、すいません。気を遣って貰っちゃって」

珈琲を席に運びながら、私は恐縮する。

「私はいつも飲んでおりますからな。友人に譲るのは当然のことです」

亜門は片目を閉じる。純粋でいて完全な、まじりっ気のない紳士だ。

私達は一つの卓に着く。海外の俳優さながらの美男子に囲まれていると、私のような地味な日本人は緊張してしまう。いや、見た目よりも寧ろ、彼らが私よりも遥《はる》かに高度な存在――すなわち魔神であることに緊張を覚えるのかもしれないが。

「そう言えば、ツカサ君」

「は、はいっ」

アスモデウスは、わざとらしく私を君付けしながら話題を振る。その、心の中を探るような声色は、嫌な予感しかしない。

「先ほど、店に入って来た時に、やけに凛《りん》とした顔をしていたじゃないか。まるで、意中の相手を娶《めと》ろうと決めた騎士のようだ」

その喩《たと》えに、私は思わず珈琲を噴きそうになる。

「ツカサの意中の……」

「相手、ですと……?」

コバルトは興味深そうに目を見開き、亜門は驚いたようにカップを持ち上げた手を止める。

「ちっ、ちっ、ちがいますから!」

私はコンマ一秒で、全力で否定した。

「なんだ。違うのか」

アスモデウスは、心底残念そう且《か》つつまらなそうな顔をする。

「三谷と、ちょっと色々話してたんです。本の未来についてとか」

「ほう。なかなか興味深そうなお話ですな」

今度は、亜門が興味を示してみせる。

「ミタニが店の近くにいるのか。彼も呼ぼう！」とコバルトが席を立とうとするが、亜門が止めた。

「彼は今、勤務中のはずですぞ。我慢して下さい」

「ちぇっ。仕事よりもこちらの方が面白いのに」

コバルトは不貞腐《ふてくさ》れる。

「三谷も多分、本の話をしている方が楽しいと思いますけど、ちゃんと仕事をしないと、お給料が貰えなくなるので……」

コバルトはまだ不満げであったが、一先《ひとま》ず、席には着いてくれた。

「で、彼と何を議論していたのかな？」

アスモデウスは、ゆったりと珈琲を飲みながら問う。

「議論っていうほどじゃないんですけど、小説を書くＡＩ――つまり、ロボットについての話をしてたんです」

「小説を書くロボット、ですか」

亜門の顔が少しだけ曇る。

人が紡ぐ物語を愛する彼にとって、やはり、ロボットの存在は無粋なものか。逆に、アスモデウスはニヤニヤと笑っていた。

「面白いことを考えるじゃないか」

「アスモデウスさんは、小説を書くロボットについて、あんまり抵抗は無いんですか？」

「興味深い話だと思うがね。人間は、物語を読むことで心を動かされ、時に笑い、時に泣き、時に怒って来た。感情があることを人間らしいと説くものは多い。だが、その感情を呼び起こす物語を人間ではなく、人工物が作り出したとしたら、それに感情を支配される人間は果たして、人間らしいと言えるのだろうか。感動すらも自動化するというのは、怠惰であり傲慢《ごうまん》であり、堕落への一歩だと思わないかな？」

「あっ、悪魔的に面白いんですね……」

「昇りつめた先の転落を眺めるのは、吾輩の楽しみの一つでもある」

アスモデウスの不吉な見解に、既に破滅的な未来しか見えなくなってきた。三谷との決意にも、早くも暗雲が立ち込めているように思える。

「コバルトさんは、どう思います？」

私は、暗雲を吹き飛ばしてくれるのを期待して、コバルトに話題を振る。

だが、彼は腕組をして難しい顔をしているだけであった。

「コバルトさん？」

「黙ってくれ。今、何かを思い出しそうなんだ」

コバルトは、ぴしゃりとした口調で私を拒んだ。何やら忌まわしきものを思い出そうとしているかのように、難しい顔で唸《うな》っている。

「亜門は、どう思います？」

私はそのまま、亜門に振った。彼は、眼鏡越しに猛禽《もうきん》の双眸《そうぼう》を伏せながらこう言った。

「プリーモ・レーヴィの〝詩歌作成機〟ですな」

「詩歌……作成機？」

聞いたことが無い話だ。作家の名前も、馴染《なじ》みが無い気がする。私が目を瞬《まばた》かせていると、亜門は続けた。

「プリーモ・レーヴィは、イタリアの作家であり化学者ですな。一度はアウシュヴィッツに送られたものの、解放されて奇跡的な生還を果たした方です。何処かSFの香りを感じさせる幻想小説を書かれるのです」

「へぇ……。SFっぽい幻想小説って、面白そうですね。その人が書いた作品に、小説を書くロボットの話が出て来るんですか？」

「ええ。こちらは詩歌ですが。リクエスト通りの詩を作るという機械なのです」

正に、三谷と話していたリクエスト通りの小説を書くロボットの話だ。

アスモデウスが顔をそちらへ向け、コバルトが耳だけ向ける中、亜門は〝詩歌作成機〟の粗筋を話し始めた。

「仕事に忙殺されて創作に没頭できない詩人が、詩歌を作成するという最新機器の力を借りて仕事を片付けようとする話でしてな。最初は秘書に反対されたり、どうも稚拙な詩歌が出来てしまったりするのですが、次第に詩人と秘書は詩歌作成機の使い方に慣れ、ついには、その機械が無くてはならない存在になってしまうのです」

「堕落の果実は甘い。それは仕方のないことだ」

アスモデウスは含み笑いを浮かべながら、珈琲を啜《すす》った。

「その機械に似たものが、今まさに出来ようとしているわけですね。因《ちな》みに、その小説が書かれたのはいつなんですか？　アウシュヴィッツに送られたっていうことは、そこまで古い人じゃないですよね」

「ええ。二十世紀を生きた方ですからな。この作品が書かれた正確な年代は忘れてしまいましたが」

何せ、プリーモ・レーヴィは他の作品の方が有名らしい。アウシュヴィッツの体験をもとにした小説で注目を浴びた作家なのだという。

「それでも、今は二十一世紀ですもんね。その頃から、今を予言していたっていうのは、凄いというか……」

化学者ならではの予見ということか。彼が今も生きていたとしたら、小説を書くロボットの話を一体どう感じるのだろう。

「そうだ。思い出したぞ！」

コバルトは唐突に手を叩《たた》いた。

「どうなさったのですか、コバルト殿」

「そいつに似た機械が、うちの倉庫にあった！」

「えっ、そんなものが⁉」

私は目を丸くする。

魔神の世界の技術や文化は、未だに分からないことだらけだ。どんな仕組みなのかも、想像がつかなかった。

「機械ってことは、電気で動くんですか……？」

「いいや。魔力を原動力としていてね。まあ、うちは魔力が山ほどあるから、そこは問題無い。しかし、俺はそいつが気に食わなくてね」

コバルトは、苦虫を噛《か》み潰《つぶ》したような顔でそう言った。

「だから、倉庫に？」

「そう。贈り物だったんだ。俺が、物語を好んで読むものだからと寄越したらしいが、俺は自分が望む物語よりも、可愛《かわい》い装丁の本を読みたいんだ！」

分かってない、と言わんばかりに拳《こぶし》をわなわなと震わせる。

「ああ。そう言えば、以前に私にお話しして下さいましたな」

亜門も思い出したらしい。

「あれは高度な技術が使われておりますが、私もそこまで好感は持てませんな」

眉間《みけん》を揉《も》みながら、亜門は難しい顔で言った。

「だろう？　だから、倉庫に眠らせてあるんだ」

「高度な技術というのは？」

アスモデウスが口を挟む。コバルトが亜門に視線をやったので、代わりに亜門が答えた。

「使用者の要望に応《こた》え、アカシックレコード――つまりは全宇宙の記録から情報を引き出し、最適化した物語を疑似体験する装置ですな。私のような古いものには、いささか疲れる機械です」

若い紳士の姿をした亜門は、年老いた賢者さながらにそう言った。しかし、恐らく同様に古い神であろうアスモデウスは、若者さながらの好奇心をその目に宿す。

「面白そうだ。吾輩は見てみたい。ツカサ君もそう思わないかな？」

「ヒエッ！　僕を巻き込むんですか⁉」

思わず悲鳴をあげる私に、アスモデウスは椅子《いす》ごとにじり寄り、そっと肩を抱いた。

「そう言って、君も興味があるんじゃないか？　人智を超えた技術の結晶を見れる機会など、この先あるまい」

「そうやって誘惑するの、ホントにやめて下さい。アスモデウスさんはシャレにならないんですから……」

「なぁに、君を堕《お》とすつもりは無い。アモン侯爵に不義理を働く気も無いし、君を友人として敬愛している。ただ、共犯者が欲しいだけさ」

アスモデウスに敬愛と言われると、悪い気がしない。私の微々たる自尊心がくすぐられるのを感じた。共犯者という響きもまた、秘密めいて魅力的に思えて来た。

しかしこれこそが、彼の巧みな甘言なのではないだろうか。

助けを求めるように、亜門の方を見やる。

亜門は少し難しい顔をしたものの、最終的には、一人納得したように頷いた。

「司君が興味があるのならば、アスモデウス公に同行して差し上げて構わないでしょう。今のあなたにとって、アスモデウス公は信頼に足りる方です」

それはつまり、良好な関係を築けている場合は、アスモデウスをそれほど警戒する必要は無いということか。

「俺も、ツカサが興味があるのなら、案内してもいい」

コバルトは、珈琲を優雅に飲み干しながらそう言った。

「まあ、確かに興味はありますけど……」

「ならば決まりだ。さあ、行こう」

アスモデウスもまた、残った珈琲を飲み干す。

私はすっかりいいように利用された気になりつつも、無事に帰れるようにと祈りながら、自分の分の珈琲を啜ったのであった。


コバルトが〝止まり木〟の扉を開くと、そこには青薔薇《あおばら》のアーチがあった。

これは、新刊書店ではなく、コバルトの住まいの庭園に続いている。一体どんな魔法が作用しているのか、いつも不思議でたまらなかった。

「ふむ。バアル――いや、コバルト殿の住まいを訪れるのは初めてだな」

アスモデウスは、感心したように青薔薇のアーチを眺めている。

「えっ、そうなんですか？　長い付き合いだし、一度くらいあるかと……」

「アスモデウスは、俺の庭園の世界観に合わない」

先頭を往《ゆ》くコバルトが、ツンとした表情でそう言った。

「ははは……、それは、確かに」

コバルトの庭園は、〝不思議の国のアリス〟のパロディのような世界観で構成されている。ヘンテコでハチャメチャでいて、いい意味で子供じみた純粋さがあった。しかし、アスモデウスがやって来ただけで、何やらデカダンスな雰囲気が漂うので、不思議な世界観の不思議生物達は、森の中に隠れてしまいそうだ。

「まあ、吾輩も振り回されるのは御免だがね」

アスモデウスは肩をすくめる。

そうだ。濃い魔神同士、干渉し合わないことで平和が築けるだろう。

私が緊張感をもってコバルトの背中を追っていると、ふと、太陽の眩《まぶ》しさと何処からか漂うお菓子の香りに包まれた。

「さあ、着いた。ふたりはここで待っていてくれ」

切り揃《そろ》えられた庭木と、無闇《むやみ》やたらに大きい珈琲の木に囲まれた中央に、白いクロスが掛けられた長テーブルが鎮座していた。その上には、様々な形をした白磁のカップと、ティーポットが置かれている。

正に、マッドハッターのお茶会だ。蓋をしたティーポットの中からは、寝息が聞こえていた。眠りネズミがその中にいるのだろう。テーブルの一角には、切り分けられていないミートパイが置かれていた。その中身が実はウサギなのを、私は知っている。

アスモデウスは、すんと鼻を鳴らす。

「薔薇の匂《にお》いが濃いな。それに混じって、チーズの匂いがするが」

「ああ。粉チーズが降ってくる場所があるんです……」

「ほう。それは興味深い。ワインを持って来なかったことが悔やまれるな」

私は散々驚いたのに、アスモデウスは驚きもしなかった。もしかしたら、私の常識の方がおかしいのではないだろうかと己を疑ってしまう。

しばらくして、コバルトが大きなトランクケースを抱えてやって来た。

トランクケースにもれなくレースがデコレーションされていて、ケースは大量のコサージュに埋もれていた。

「待たせたな。倉庫の奥にあったんだ。ツカサを呼べばよかった！」

「さり気なく、僕に労働をさせようとしないで下さいよ……」

そもそも、コバルト邸の倉庫がどんなものか想像もつかない。私が、入る前から目を剝《む》いて驚くような代物だろうということくらいしか予想が出来なかった。

コバルトはテーブルの上にトランクを載せると、レースに埋もれた金具を外して中身を改める。

「こ、これは……！」

私は思わず慄《おのの》く。その隣で、「ほう」とアスモデウスは感心したような声をあげた。

「ぶ、ＶＲじゃないですか！」

正に、テレビゲーム機とコントローラーと、ヘッドマウントディスプレイそのものと言わんばかりの機械が入っていた。

と言っても、ゲーム機のような機械はコンパクトでありながらも、ディスプレイまでもがついていて、テレビに繋《つな》がずそれだけで操作出来そうな雰囲気であった。コントローラーもまた、複雑なボタンがついているわけでなく、感覚的に動かせそうだ。

「ああ、心当たりがあると思ったら、これか。こんな形をしていたとは」

アスモデウスは、機械を遠慮なく弄《いじ》っている。

「知ってるんですか、アスモデウスさん」

「試作機が出来た時に、吾輩のもとにも手紙が来てね。吾輩はそれほど疑似体験に興味が無いから無視していたのだが」

アスモデウスはそう言いながらも、ヘッドマウントディスプレイを手に取っては、しげしげと眺めていた。

「欲しいなら、くれてやってもいい」とコバルトは言う。

「いいや」とアスモデウスは首を横に振った。

「興味が出たら、自分で買うさ。どうせ売っているだろう。アマゾンで」

「アマゾンで⁉」

大手通販業者の名前が唐突に出てきたせいで、私の声が裏返る。

「何を驚いているんだ。地獄帝国にもアマゾンくらいあるさ」

「いやいや！　そんなに勝手に市場を拡大させないで下さいよ！」

私が抗議していると、アスモデウスは手にしていたヘッドマウントディスプレイを私の頭に軽くかぶせた。

「まあ、高き館《やかた》の王が折角持って来てくれたんだ。試そうじゃないか」

「アスモデウス」とコバルトは不満を露《あら》わにして、名を呼んだ。

「おっと失礼、マッドハッター殿。いや、この呼び方の方が、王の一柱である君に対して礼を失しているのかな」

アスモデウスは肩をすくめると、自分の分のヘッドマウントディスプレイを手にした。どうやら、二台あるらしい。ご丁寧にも、二人用になっていた。

「ここに体験したい物語を入力するようになっている。あとは、その不格好な機械をかぶればいい」

コバルトは、本体と思《おぼ》しき機械を私達の前に、ずいっと寄せる。

「不格好……」と私はヘッドマウントディスプレイに同情した。

「不格好じゃないとは言わせないぞ！　まず、帽子を脱がなくちゃいけないだろう？　それだけでも我慢ならないというのに、帽子よりも可愛くないと来ている！」

「可愛いヘッドマウントディスプレイが出来たらいいですね……」

拳を振り上げてヘッドマウントディスプレイに不満をぶちまけるコバルトに、私はやんわりとそう言った。

その隙に、アスモデウスは本体の機械に何やら入力をしていた。

「な、何を入力してるんですか！　変な物語にしないで下さいね⁉」

「変とは、何を以《も》ってして変と言うか興味があるね。それは兎《と》も角《かく》、ここは無難に、ロマンスと官能の世界を試してみようかと思うんだが、どうかな」

「どうかな、じゃないですよ！　官能はいらない！　いらないです！」

悪い大人の笑みを浮かべるアスモデウスに、私は全力で抗議した。

「まあ、吾輩も間に合っているから、わざわざ体験するまでもあるまい。ここはツカサ君に合わせて、成人向けではなく若年層向けにしよう」

「草食系の部下を、無理矢理キャバクラに連れて行く上司みたいなことしないで下さいよ。怖いな、このひと……」

私は心底震え上がる。

「では、対象年齢は若年層、ジャンルはロマンス、傾向は『泣ける』にしてみよう」

「ああ、感動ものにも出来るし、コメディものにも出来るんですね」

「それに、泥沼にも出来る」

「やめて下さい」

即答であった。

「そこに、ルイス・キャロル風も加えよう」

自分の分の紅茶を淹れながら、コバルトが言う。

「やめて下さい。分かり易《やす》く疑似体験出来ないじゃないですか……！」

それに、〝不思議の国のアリス〟の世界は、既にリアルで体験していた。ただし、コバルトのアレンジがふんだんに入っていたが。

「よし、設定出来たぞ。ツカサの個人情報も入れた。あとは、それをもとにアカシックレコードから適切な物語を構成してくれるだろう」

アスモデウスは満足げに微笑《ほほえ》む。私の個人情報は、さり気なくその魔法的な機械に漏洩《ろうえい》してしまった。

「あとは、感覚的に操作をすればいい。なあに、ソーシャルゲームの操作性でプレイステーションVRが出来るようなものさ」

「すっごく浮世寄りの解説、有り難う御座います……」

こういうところに関しては、アスモデウスは頼もしい。

「それにしても、コバルト殿の言うように、このヘッドマウントディスプレイは不格好だな。我々のような角有りを想定して作られていないじゃないか」

帽子を脱いだアスモデウスは、頭部についた異形の角をヘッドマウントディスプレイに何とか収めようと、悪戦苦闘していた。

「製造元にクレームを入れよう」

「購入していないし、購入する予定も無いのに⁉」

私は思わず、ツッコミをしてしまった。

「ついでに、可愛いデザインのものも作ってくれと書いておいてくれ」とコバルトは言う。

「吾輩の名前でその意見を出すのは勘弁して頂きたいものだね。しかし、もう少しダンディズムのあるデザインが発売されたら、購入を検討してやらなくもない」

「なんて偉そうな客なんだ……。いや、偉いんだろうけど……」

何処で製造しているのか知らないが、製造元に心底同情する。

私がまだ見ぬ製造元を案じているうちに、アスモデウスはヘッドマウントディスプレイを何とか装着した。

「どうも違和感があるな。ツカサ君、吾輩は不格好ではないかな？　鏡を持っていたら借りたいんだが」

「その、全然おかしくないので気にしないで下さい……」

たかが疑似体験に対して、この気の遣いようである。散々私に確認して、ようやく、アスモデウスは納得してくれた。

「さあ、行ってくるがいい。作り物によって作られた幻想の世界へ！」

コバルトが見送る中、私達は、ヘッドマウントディスプレイのゴーグルを下ろしたのであった。

物語の中で、私は高校生の男子だった。

そして、主人公たる私には、幼馴染《おさななじみ》の少女がいた。

彼女は明朗快活で感じが良く、クラスでも人気者だった。私も、身近にいたらいいなと思った。

しかし、彼女には秘密があった。実は、不治の病に侵されていたのだ。

余命はたったの半年。

そう告げられた時、主人公は初めて、彼女に恋をしているということを自覚した。

少女は、余命いくばくもないことを感じさせないほどに明るく振る舞っていた。主人公もまた、彼女を苦しませたくないという一心で、彼女を自転車の後ろに乗せて、彼女が行きたいと言っていた海まで連れて行った。

主人公は、自分が、彼女のことが好きだということは隠していた。将来が無い彼女に告白したら、彼女を苦しませるだけだと思っていたから。

しかし、タイムリミットが迫ったクリスマス。彼女と二人っきりでライトアップされたツリーを眺めている時、彼女が戸惑いがちにこう言った。

「今まで、本当に有り難う。最後の我儘《わがまま》を言っていい？」

主人公は、勿論《もちろん》だよと承諾する。

「自分勝手だって分かってるけど、聞いて欲しいんだ。私ね、君のこと、好きなの。ずっと、ずっと前から好きだった」

でも、自分には未来が無い。そんな人間に告白されても困るだろう。そう思って、ずっと我慢していたのだという。

主人公はその瞬間、自分の気持ちが溢《あふ》れるのを感じた。彼も彼女のことが好きだと伝え、二人はぎゅっと抱きしめ合った。そして、お互いの鼓動が重なることで、生きていることを実感するのであった。

その数日後、彼女の容体は急変し、搬送された病院で昏睡状態となり、最終的に息を引き取った。

しかし、彼女の顔は安らかなものだった。

告別式が終わった後、主人公は人目の無いところでひっそりと泣いていた。しかし、その頬《ほお》を撫でる優しい風があった。

「いつも、君のそばにいるから。天国で、見守っているから」

彼女の声にハッとして、空を見上げる。するとそこには、彼女の笑顔のように、眩しく爽やかな青空が広がっていたのであった。

私には理解出来ない言語のスタッフロールが流れ終わり、私は現実に引き戻される。

ヘッドマウントディスプレイを外し、余韻《よいん》を噛み締めるように溜息を吐いた。

「どうだった？」

コバルトは紅茶が入ったカップを片手に、興味深そうに尋ねる。

「なんというか、確かに泣ける話でした……。なんかこう、涙腺《るいせん》が緩んだというか……」

私はそう言って洟《はな》を啜る。しかし、ヘッドマウントディスプレイを外したアスモデウスは、何処となく不満げであった。

「な、なんかすいません。僕に合わせて頂いて……。甘酸っぱい恋愛ものは、アスモデウスさん的には物足りなかったのでは……？」

「いいや。吾輩が気にしているところはそこではない」

アスモデウスはぴしゃりと言った。

「葬式では戒名《かいみょう》までつけられて極楽浄土に送ったというのに、あの娘の行き先が天の国とはどういうことだと思ってね」

「そ、それこそすいませんね！　宗教観がごっちゃな日本にありがちなテキトーさで！」

「吾輩としては、せっかく、神道《しんとう》の国なのだから、神道の葬式が見たかったのだが」

「仏教は、インドのものですしね……」

まさかのダメ出しである。

宗教観が統一されていたのならば彼に許して貰えたかもしれないが、「極楽浄土で見守ってるから」では、妙に神々しくなってしまう。逆に、カトリック的な葬式は、ほとんどの日本人にあまり馴染みが無い。

しかしまさか、アカシックレコードのなんとやらが、そこまで日本っぽさを出してくれるとは思わなかった。

「シナリオについては、どう思いました？」

私はアスモデウスに問う。アスモデウスは、顎を擦って少し考えてからこう言った。

「吾輩なりに嚙み砕く時間が必要だな。アモン侯爵のところに戻ろう。マッドハッター殿の見事な薔薇のアーチを見ていれば、考えもまとまるというものさ」

「ああ、その通りだ！　では、アモンの巣に戻ろう！」

コバルトは意気揚々と立ち上がる。

疑似体験をする装置の臨場感は実に見事で、私はまだ、浮遊感にも似た錯覚に陥っている。確かに、咀嚼《そしやく》する時間は必要だ。

私達は青薔薇の庭園を後に、賢者の住処《すみか》へと戻ったのであった。

私達が〝止まり木〟へと戻ると、読書をして待っていた亜門は人数分の珈琲を淹れてくれた。今度こそ、皆、均等な分量であった。

「さて、司君とアスモデウス公は、コバルト殿の所有する機械で、詩歌作成機の疑似体験をして来たようですが」

亜門は期待の眼差《まなざ》しでこちらを見つめる。どのような感想が聞けるかという好奇心に駆られているようだった。

私は、アスモデウスの方を盗み見る。だが、彼は既に先ほどの体験の咀嚼が終わっていたようで、亜門の前で感想をサラリと述べた。

「吾輩の雑感だがね。脂身がなくて淡白で、あまり食べ応えのない肉を食わされているかのようだった」

「ほう。司君は？」

亜門に振られ、私は遠慮がちに答える。

「僕は、それなりに楽しかったです。でも、それなりっていうか……」

「吾輩に合わせなくても、取って食いやしないさ」

口ごもる私に、アスモデウスはそう言った。自分に遠慮をしていると汲《く》み取り、気を遣ってくれたらしい。

「あ、いえ。本当なんです。小説でもゲームでも、映画でも何でもいいんですけど、見終わった後は何度か嚙み締めて、色んなシーンを振り返ってみるんですよね。でも、あんまりそういう気持ちが起こらないというか……」

私はアスモデウスに倣《なら》って、自分なりの表現を見つけ出す。

「そうだ。サプリメントやゼリー飲料に近いかもしれません。栄養は計算し尽くされているから、身体《からだ》にメリットはあるはずなんですけど、じっくり噛み締める感じじゃないですよね。口にした後も、特に後味を楽しむ感じでもないし……」

「良くも悪くも優秀過ぎて、心に残らない」とアスモデウスが短くまとめる。

「そうです。それです！」

私は激しく頷いた。

「何だかこう、迫るものが無くて。人間が作った物語って、説得力みたいなのがあるんですよね。似たようなストーリーラインでも、制作者によって個性が出るし。それって多分、その物語を通じて、制作者が表現したかったものがあるからだと思うんです。それを正しく受け止められるかそうでないかはさて置きますが、それを受けることで、僕も色々と思うことはあるんです」

「それが無かった、と」

亜門は、飽くまでも穏やかに尋ねる。その、教師さながらの視線に若干の緊張を孕《はら》みつつも、私は「はい」と頷いた。

「そうなんだ！」

私が頷くのと、コバルトが立ち上がるのはほぼ同時だった。

「あの機械の唾棄《だき》すべき点は、そこだ！　あれは、こっちの要求に応えるだけの、極めて単純でつまらない機械なんだ！」

興奮気味のコバルトに、私と亜門のみならず、アスモデウスもぽかんと口を開けていた。

しかし、コバルトはそんなことを気にした様子も無く、畳みかけるようにこう言った。

「例えば、シェフに、生クリームたっぷりのショートケーキが食べたいと要求するとする。そこで、多くのものがイメージするような生クリームたっぷりのショートケーキが来たところで、面白くないんだ！　シェフによっては、マジパンで動物を作って添えてくれるかもしれないし、苺のみならず他の果実を添えてくれるかもしれない。もしくは、ショートケーキの気分ではなかったと言って、チョコレートケーキを作って来るかもしれない」

「コバルトさん、チョコレートでもいいんですか……？」

思わずツッコミをしてしまったが、「いいとも！」とコバルトは即答した。

「チョコレートケーキが美味《うま》ければそれでいい！」

「甘ければ何でもいい、的な……？」

「甘いな、ツカサ。ホイップクリームよりも甘い！」

コバルトは、長くて細い指を私に突きつける。

「俺が楽しみたいのは、会話なんだ！　出来上がったチョコレートケーキを介して、シェフと会話をするんだ。何故《なぜ》、ショートケーキにしなかったのか。何故、モンブランでもティラミスでもなくチョコレートケーキにしたのか。そして、そのチョコレートケーキにどのようなこだわりを入れて来たのか」

「コバルト殿は、制作者のこだわりが入っている方がいい、と。すなわち、物語の向こうを楽しみたいわけですな」

亜門が添えた言葉に、「流石《さすが》はアモン！」とコバルトは目を輝かせる。

「ふむ。それは吾輩も同意出来る。読書のみならず、物語の世界を体験するというのは、作り手と会話をするという行為に近い。こちらの要求に忠実に答える、自動的に作られた物語では、それが無い」

アスモデウスも、納得顔で頷いた。

「そうか。僕が物足りなさを感じたのは、そこだったんですね……」

私が読んで来た物語の根本には、いずれも計り知れない熱量を感じた。それは、あの機械が紡いだ物語には無いものだった。似たような筋書きでも、人間が作ったのだとしたら、もっと生々しく、訴えかけるものがあるだろう。

「人が紡いだ物語というのは、時に不完全で、時に不自然さがあるかもしれません。そこが、面白いところであり、私が愛しているところなのかもしれませんな」

亜門は、愛《いと》おしそうに店内の本棚を見やる。

これらは全て、人間が紡いだものだ。もう亡くなってしまった人間が書いたものもあるが、本を開けば彼らと会話をすることが出来る。

「そう考えると、人間らしさというのは、進化を求める貪欲なる心と、創造性なのかもしれないな。そこは最後まで、堕落せずにいて欲しいものだ。堕落する様を見たいとも思うが、それは、吾輩が満足するまで味わってからでいい」

　アスモデウスは珈琲を飲み終わると、「馳走《ちそう》になった」と席を立つ。

「おや、もう行かれるのですか？」

　亜門は、いささか名残《なごり》惜しげに尋ねる。アスモデウスは、帽子をかぶり直しながら答えた。

「吾輩のクリエーター魂にも火がついてね。コキュートスを焦がすほどになる前に、この火を収めるべく筆を執《と》るとしよう」

「小説が完成したら、俺に見せてくれ！　装丁は俺が考えよう！」

　コバルトは、目を輝かせながら食いついた。

「残念。公開はウェブの予定だ。せいぜい、レースの付いたパッドカバーでも作っていたまえ」

　アスモデウスはひらりと手を振り、扉を開けて、その向こうへと消えて行く。

　私と亜門が見送る中、コバルトは「成程、良いアイディアだな」とレース付きパッドカバーの制作を前向きに検討していた。

　制作者との対話。

　少なくとも、亜門達は読者としてそれを望んでいる。人間の読者だって、彼らと同じことを求めている人は少なくないだろう。

機械が物語を紡げるならば、私がやっていることは何だったのかとも思ったが、どうやら無駄ではないらしい。

今度は、対話をするつもりで、文章を書いてみるのもいいかもしれない。

ふと、亜門の方を見やる。

閉ざされた扉から視線を外し、彼は自分で淹れた珈琲に口をつける。その双眸に、ほんのわずかな愁いがこもっていることに気付いた。

「亜門……」

「何か？」

亜門はハッとして、顔を上げる。その表情は、あの穏やかな賢者のものになっていた。

「僕達がコバルトさんのところにいる間は、本を読んでいたんですか？」

「ええ。自動的に紡がれる物語には、どうも苦手意識がありましてな。私は、少しでも多くの間、人の作った物語に触れていたかったのです。コバルト殿には、失礼をしてしまいましたが」

「気にするな。俺とアモンの仲じゃないか。茶会の時に来てくれれば、それでいい」

コバルトはきっぱりとそう言った。しかしその顔には、亜門を気遣うような表情が見え隠れしているように感じた。

少しでも多くの間。その言葉が、私も引っかかった。

私の命に限りがあるように、亜門の存在にもまた、限りがある。だからこそ、今のうちに少しでも本を読んでしまおうと思ったのではないだろうか。

「恐れ入ります」という亜門の言葉を最後に、古書店が沈黙で満たされる。

その中で、珈琲だけがほろ苦くも、切ない香りを漂わせていたのであった。

幕間　一般的な珈琲

私が亜門のおつかいのために新刊書店から出ようとすると、丁度《ちょうど》、シフトを終えて帰宅しようとしていた三谷と鉢合わせた。

「よぉ」と三谷はいつものように、覇気の無い視線をこちらへと向ける。

「やあ、今帰り？」

「これからまたシフトに入ったら、死んじゃうわ、俺」

私は、三谷と一緒に神保町口から外へと出る。日はすっかり傾き、空は黄昏《たそがれ》に染まっていた。

「今日も、朝早くからお疲れ様……」

「朝早くって言うけど、店長の方が断然早いんだよな。俺が出勤した時は、大体フロアで納品してるし」

「えっ、店長も納品作業するんだ。大変だな……」

「そんな姿を見たら、俺達下々の者は、もっと頑張らなきゃって思うわけよ」

「いい具合に士気を高めてるな……」

私も亜門が作業をしていたら、何としてでも役に立たなくてはと思うので、それと同じ心境なのだろう。

「っていうか、お前はどうなんだよ」

「えっ？」

「少しは力がついたのか？」

神保町駅に続く路地裏を歩きながら、三谷が問う。

「うーん。最初の頃《ころ》に比べて、本のことはかなり分かるようになったかな。今は、ジャンル分けもそれなりには出来るようになったし……」

「ふーん」

三谷は気の無いような返事をしたかと思うと、私の二の腕をむんずと摑《つか》んだ。

「ひぃっ！」

「おっ。筋肉がついてきたじゃん」

三谷は遠慮なく、私の二の腕を揉《も》みしだく。

「や、やめてくれよ。くすぐったいってば……！」

「これなら、うちの納品も出来そうだな」

「掛け持ちは無理だからね⁉」

「ちっ」

三谷は露骨に舌打ちをすると、私の腕を解放してくれた。

「大学生の後輩が辞めちゃったんだよな。就職先が決まったってことで」

「おめでたいじゃないか」

「ああ。おめでたいけど、人が少なくなるのは結構キツイ」

三谷の表情は複雑そうだ。本当は、素直に喜んでやりたいのだろう。

「新しいスタッフの募集は？」

「してると思うけど、教育が大変なんだよな。意外と教えることが多いし」

「それは分かる」

三谷は担当フロアの納品作業やら新刊の陳列やらお問い合わせやらの他に、レジ業務もこなしている。恐らく、私が知らない作業もあることだろう。

「まあ、コツコツと育てるしかないか。俺の目の届く範囲だったら、出来るだけ面倒を見てさ」

「三谷……。何だか、先輩って感じだな」

感心する私に、「は？」と三谷は白い目をする。

「今更しみじみ言うなよ。俺はもう、かなりの数の後輩にモノを教えてるよ」

子沢山の親のような実感を込めながら、三谷は溜息《ためいき》を吐《つ》いた。

「お前のところはどうなんだ？　後輩が出来る気配はあるの？」

「そうだろうな……」

亜門は人を新しく雇ったりはしない。そもそも、亜門ひとりで成り立つような店だからだ。私は侯爵様の友情と慈悲と道楽によって雇われている。

「俺を雇ってくれないかな、とは偶《たま》に思う」

「そうなると、僕の仕事が無くなっちゃうから……」

大型新刊書店の書店員として、前線で働いている三谷が雇われたら鬼に金棒なのだが、〝止まり木〟の仕事量では、鬼と金棒の持ち腐れである。

「ま、冗談だよ。俺はお前ほど、亜門さんの客の相手は出来ないだろうし」

「う、うーん。僕よりも上手《うま》くやっているとは思うけど」

現に、コバルトは三谷を気に入っている。三谷の方がオカルトの知識もあるし、魔神のことを知っているので、私よりも絆《きずな》を深めるのは早いのではないだろうか。

だが、三谷は首を横に振った。

「俺はほら、可愛《かわい》げが無いから」

「僕に、さも可愛げがあるような言い方をしないで欲しいんだけど……」

私の声が思わず震える。立派な成人男性として、可愛げとやらで魔神達と仲良くなっているとは思いたくない。

「欠片《かけら》もないかな……」

「お前は可愛いよ。反応が面白くて、からかい甲斐《がい》がある」

「完全にマスコットキャラ扱いじゃないか！」

「これからの時代、男にも可愛さは必要だし」

「尤《もっと》もらしいことを言って丸め込もうとしているな⁉」

ツッコミ疲れた私は、肩で息をする。そうしているうちに、神保町駅の入り口に着いてしまった。

三谷は、ひらりと右手を挙げる。

「それじゃ。お前も帰る？」

「帰らないよ……。珈琲豆《コーヒー》を買って、亜門に届けなきゃ」

私は三谷を見送ろうと、入り口の前で立ち止まる。

「ああ、そうだった。おつかいか」

「そう。僕が出来る数少ないことの一つ」

「そんなに卑下《ひげ》するなよ。珈琲は淹《い》れないのか？」

「基本的に、亜門が淹れるよ。亜門の珈琲の方が断然美味《おい》しいし」

「客相手だったら、そりゃそうだよな。でも、自宅で自分用に淹れることはあるんだろ？」

「ああ、まあ」

私は三谷の言わんとしていることが分からず、曖昧《あいまい》に頷《うなず》いた。

「亜門さんのところみたいなサイフォンで？」

「いいや。一番多いのはドリップ式かな。何だかんだ言って、それが一般的だし」

「お前は平凡なのが好きだもんな」

三谷は余計な一言を添えてくれた。放《ほう》っておけ、と心底思う。

「よし、決めた。明日のこの時間、お前のところ行くわ。珈琲の淹れ方を教わりに」

「えっ」

私はあんぐりと口を開ける。

「明日、仕事が終わったら〝止まり木〟に行くっての。そこで、お前にドリップ式珈琲の淹れ方を教わるわ」

「いやいや！　教わる相手がおかしくない⁉　亜門がいるんだから、そこは亜門でしょ！」

「亜門さんの方が美味《うま》い珈琲を淹れてくれるだろうけど、真似《まね》するのが難しそうだし。その点、お前はごく平凡なやり方を教えてくれそうだ」

三谷は、私の肩をポンと叩《たた》く。

「褒められているのか、けなされているのか……」

「褒めてるよ。少なくとも、お前が持っているのは、俺には必要なスキルだし」

「三谷も、読書の時に珈琲を飲む派じゃなかったっけ……。自分で淹れたことないの？」

「本に没頭し過ぎて珈琲の存在を忘れる派だな。しかも、飲んでるのはペットボトルかコンビニの珈琲」

「成程《なるほど》ね……」

没頭して何かを忘れるレベルというのは、やはり亜門と話が合いそうだ。

「でも、自分がこだわりを持って淹れたら、ちょっとは変わるかなと思ってさ」

「三谷……」

「あと、他人に珈琲の淹れ方を教えなくちゃいけないってアタフタしてるお前を見るのも楽しい」

「本当に、お前っていい性格してるよな……！」

しれっとした顔で私をおちょくる三谷に、思わず拳《こぶし》を固く握ってしまうものの、それを振り上げることなく、何とか耐えたのであった。


翌日の夕方、私はそわそわしながら、〝止まり木〟で三谷を待っていた。

「フフ、ずいぶんと緊張されているようですな」

亜門は奥の指定席に腰掛けながら、穏やかな笑みを浮かべてそう言った。

「いや、だって、他人に珈琲の淹れ方を教えるなんていう機会、そうそう無いですし」

カウンターには、予《あらかじ》め、ドリップ式珈琲を淹れるための器具が用意されている。手持無沙汰《てもちぶさた》な私は、ドリッパーを手の中でくるくると回しながら、扉をチラチラと眺めていた。

「いやいやいや！　何をおっしゃるんです！　亜門に教えるようなことなんて無いですし！」

「司君。私も、ご教授頂いても？」

そもそも、淹れ方の基礎だって、亜門から教わったものだ。それなのに、今更、何を教える必要があるのだろうか。

「司君が、あれから自分なりのアレンジをしたかと思いまして」

「そんなオリジナリティは無いですよ……」

私はガックリと項垂《うなだ》れる。前門の三谷、後門の亜門である。

気が気ではないと思っていると、扉の方から物音がした。私は反射的に背筋を伸ばし、亜門は来客を迎えるべく、席を立とうとする。

すると次の瞬間、扉は勢いよく開け放たれた。

「御機嫌よう！　本の隠者と、その友人よ！」

「ウワアアア！」

嵐《あらし》のように登場したのは、鮮やかな青髪のマッドハッターだった。

「どうしたんだ、ツカサ！　白目を剝《む》いての熱烈歓迎っぷりじゃないか！」

「これが歓迎しているように見えるなんて、羨《うらや》ましいです……」

思わず落としそうになったドリッパーをカウンターの上に丁寧に置き、ひっくり返りそうなくらいに脈打つ心臓を何とか宥《なだ》める。

「ほほう。三谷君ではなく、コバルト殿がいらっしゃるとは」

「どうしたんだ？　ミタニが来るのか？」

コバルトはずんずんと大股《おおまた》で店内へと入り込む。

「はい。司君から珈琲の淹れ方を教わりたいとのことでして」

「ツカサから、珈琲の淹れ方を教わる？」

長い睫毛《まつげ》に縁取られた双眸《そうぼう》を見開きながら、コバルトは不思議そうに私の方を見やる。

その気持ちは、分からないでもない。

「珈琲の淹れ方ならば、アモンから教わればいいいんじゃないのか？」

「ごもっともで……」

「そこは、お二人の絆の深さによるものですな」

「三谷は僕の腕を試したいだけです……」

子供の成長を見守る親のような微笑を浮かべる亜門の言葉に、私は真実を補足した。

「成程！　ツカサがちゃんと珈琲を淹れられるかどうか、テストするわけだな！」

「そう言っても過言ではない気がしますね……」

「それならば、俺もじっくりと見届けてやろう！」

「えっ！」

思わず声が裏返る。コバルトは胸を張りながら、「俺も見届けよう！」ともう一度言った。

「いや、そんなに面白いものでは……」

「面白いか面白くないかは、俺が決める」

ピンと立てられたコバルトの人差し指が、私の大して高くもない鼻の頭に突き刺さる。

「それに、俺もツカサの珈琲を飲んでみたいからな」

「それに関しては、私も同じ意見ですな」

コバルトの言葉に、亜門が同意してしまう。

これは困った。私に味方がいなくなってしまった。

「そもそも、亜門が淹れた珈琲よりも、確実に美味しくないし……」

「司君、それは違いますぞ」

亜門は力強く否定した。

「そこに込められた真心が、本来の珈琲の味とはまた違った風味を出すのです」

「良い話にして丸め込もうとしてますね……」

亜門の紳士然とした態度の裏に、抑えきれない好奇心を垣間見《かいまみ》る。

そうしているうちに、扉が開かれた。今度こそ、やって来たのは三谷だった。

「ちわーっす。って、早々に大所帯なんですけど……」

本棚と本が大半を占めている〝止まり木〟は、大人四人が集まればもう、手狭になってしまう。

「御機嫌よう、三谷君。お待ちしておりましたぞ」

「遅かったじゃないか！　さあ、パーティーを始めよう！」

にこやかに迎える紳士と、既に本人がパーティー状態の紳士に囲まれて、私は曖昧な笑みを浮かべながら友人を迎える。

「時間通りっすね……」と三谷は腕時計を眺めながら、コバルトにささやかな反論をした。

「っていうか、コバルトさんも来たんですか」

「ツカサが面白そうだからな！」

最早《もはや》、珈琲の淹れ方云々《うんぬん》ではなくなっていた。

「ああ。分かります。めっちゃ分かります」

しかも、三谷は深々と頷いていた。後で覚えていろと思いながら、私はカウンターの方へと向かう。

その後を、三谷、コバルト、亜門がついて来た。第三者が見れば、愉快な仲間達の行進のように見えるだろう。だが、私の手は汗でぐっしょりと濡《ぬ》れていた。

「お手柔らかに頼みますよ……」

そう言いながら、私はドリッパー達に向き合う。

用意されたものは、ドリッパー、コーヒーサーバー、ペーパーフィルター、ドリップポット、そして、先ほど亜門が挽《ひ》いてくれた珈琲粉である。マキネッタであれば、ペーパーフィルターも要らないし、他の器具が全《すべ》て一体になっているので楽なのだが、いかんせん、エスプレッソ専用なので人を選ぶ。

「えっと、基本的な淹れ方は知ってると思うけど」

私はそう言って、ペーパーフィルターを手にする。

「ドリッパーって一言で言っても、種類が色々あるんだ。それによって、抽出方法も違うし、味も変わって来る。あと、ドリッパーに合ったペーパーフィルターを買わなきゃいけない」

「ふぅん。テキトーにフィルターを買って来ちゃダメなわけね」

「そういうこと」

三谷は意外と茶化さずに聞いてくれていた。

「さあ、早く淹れてくれ！」

コバルトはお菓子を待つ子供のように目を輝かせながら、私を急《せ》かす。

「ちょっと待って下さいよ。今淹れるんで……」

私は、予め沸かしておいたお湯をドリップポットに入れる。薬缶《やかん》から注がれるお湯はもうもうと湯気を立ち昇らせ、適温であることを示していた。

「あ、ドリップポットはあんまり傾けなくてもお湯が出るようになってるから、ドリッパーにお湯を注ぐ時は気を付けて」

「はいよ。薬缶から直《じか》にドリッパーへお湯を注いじゃダメなわけ？」

三谷は、薬缶のお湯で抽出したいと言っているのか。私は亜門に目配せして助言を乞《こ》おうとするが、ぐっと堪《こら》えて自分なりの答えを導き出す。

「お湯の勢いが強過ぎるんじゃないかな……。ポットの口と薬缶の口の大きさは違うし。勢いが強いと、ほら、珈琲粉が跳ねそうだし……」

「あー、成程ね。まあ、あとは見た目かな」

「ああ。薬缶から直接だと、かなりワイルドになると思う」

機能的なことはさておき、薬缶からだとあまり絵にならないことは確かだ。

「あと、ガラスや陶器のドリッパーだったら、予めお湯で温めておいた方がいいかも。フィルターを置く前にね」

亜門のドリッパーはガラスなので、ドリップポットのお湯を少し使って器具を温める。だが、フィルターを濡らしたままだとよろしくないので、付着したお湯は丁寧に拭《ぬぐ》い取った。

「で、これで珈琲を淹れるわけなんだけど、四人分でいいんですよね？」

三谷とコバルトは確定として、私はその背後からこちらを見守っている亜門に言葉を投げる。すると、彼は「勿論」と頷いた。

いよいよ、本番だ。ペーパーフィルターを持つ私の手が緊張で震える。

「えっと、これはメリタ式っていう古い歴史を持つドリッパーなので、メリタ用のフィルターを使うんだけど……」

私は、ドリッパーにペーパーフィルターをセットする。そして、珈琲粉を四人分入れた。ただ入れただけでは偏《かたよ》りがあるので、ドリッパーを軽く叩いて粉を均一にする。

これで、準備は出来た。

「ここで、お湯を注ぐんだ」

手が震えるのを何とか抑えながら、ドリップポットでお湯を注ぐ。ペーパーフィルターにかからないよう、且《か》つ、粉全体に行き渡るようにと。

途中で、脇をしめると安定するというのを亜門から聞いたことを思い出し、慌てて脇をしめた。

「あー、成程。これは確かに、薬缶じゃ駄目だわ。お湯の勢いが強過ぎて、粉がえぐれる」

三谷はドリップポットのお湯の勢いを見ながら、納得したように頷いた。

粉全体にお湯が行き渡ったところで、私は一旦《いったん》、手を止める。

「どうしたんだ？　これでは一杯分にもならないぞ」

ドリッパーを覗《のぞ》き込むように見ていたコバルトが、上目遣いで私に尋ねる。

「まずは、お湯を全体に馴染《なじ》ませないといけないんですよ。ほら」

お湯が粉全体に行き渡ったのか、濡らしていないはずのペーパーフィルターがじわじわと湿り気を帯びる。粉は水分を吸ってずっしりと重くなり、ドリッパーとペーパーフィルターはしっかりと馴染んでいた。

「このタイミングで、人数分のお湯を注ぐんです。あとは、器具にお任せですね」

私はコバルトにそう言いながら、四人分の湯量を丁寧に注ぐ。

ふつふつと泡立つ様子を、コバルトが実に興味深そうに眺めていたので、亜門は「それは二酸化炭素ですな」と教えてくれた。

「豆の中に閉じ込められていたものです。珈琲の香りが漂うのは、その二酸化炭素のガスのお陰でしてな」

「成程！　豆が呼吸をしているわけだな」

コバルトは膝《ひざ》を打つ。

「息をひたすら吐くだけとなっておりますが、まあ、概《おおむ》ね間違いでは御座いません。焙煎《ばいせん》後は豆がよく香るのですが、それは、二酸化炭素が香りを運んでいるからなのです」

亜門の言葉に合わせるかのように、ふわりと珈琲の香りが漂う。三谷は「ほほう」と感心したような声をあげ、コバルトは心地良さそうに目を細めた。

四杯分の珈琲が抽出し終わると、私はコーヒーサーバーを手に、珈琲を攪拌《かくはん》する。

「抽出し始めた時と、終わりの頃では、風味が変わっちゃうんだ。だから、こうやって均一にする必要があって……」

三谷とコバルトに見せながら、サーバーの珈琲を均一にする。その間、亜門は全員分のカップを用意してくれていた。

「あ、有り難う御座います」

「なんの。いつもやって頂いていることですからな」

亜門は微笑《ほほえ》む。立場が逆だと、妙に気恥ずかしい。

「さてと。上手く抽出出来ていればいいんだけど……」

私はそう言って、カップに珈琲を注ぐ。うっかり跳ねたりしないようにと細心の注意を払いつつ、何とか全員の珈琲を注ぎ終えた。

「ふーっ。死ぬかと思った……」

私の手のひらは、すっかり汗で濡れていた。あまりにも強くサーバーを握っていたので、手のひらに赤い痕《あと》がついている。

「お疲れ様です。それでは、席で頂きましょうか」

亜門は全員分の珈琲を運んでくれる。

「よし！　ツカサの珈琲パーティーだ！」

コバルトは、パレードでもするのかというノリで、その後をついていった。

「お疲れさん」

三谷が私の背中をポンと叩く。

「いやー、思いのほか知らないことがあったわ。一般的な淹れ方と侮《あなど》っていたけど、ちゃんとルールがあるのな」

「ルールっていうか、その方が美味しく淹れられるって感じかな。こうしなきゃダメっていうわけじゃないんだ。逆立ちしながら淹れた方が良いっていう人がいるのなら、その人にとってはそれが最良なわけだし」

「……お前、コバルトさんに発想が似て来たな」

三谷は遠い目をする。

「うわっ、それは……困るな……。もう、いっそのこと個性が無いことをアイデンティティにしようかと思っていたのに……」

「いや、一周回って開き直り過ぎだろ」

頭を抱える私に、三谷は手の甲でツッコミをする。

「まあ、個性的な考え方が出来るっていいんじゃゃね？　視野が広がるっていうかさ。お前は一皮剝けた気がするよ」

「そう、かな……」

「今なら、サバンナに一人で放り込んでも生き残れそうな気がする」

「それは買い被《かぶ》り過ぎでは⁉」

ライオンの餌食《えじき》になること間違いなしである。いや、百獣の王に骨を拾って貰えるならばまだいいが、野垂れ死にをしてハイエナやハゲワシに啄《ついば》まれるのが関の山だろう。

「ま、それだけ男前になったってことだ。誇れよ。俺が褒めるなんて、滅多に無いぞ」

「う、嬉《うれ》しいけど、なんでそんなに上から目線なんだ……」

私は三谷に背中をぽんぽんと叩かれながら、亜門達が待っているテーブルへと着く。私の淹れた珈琲のほろ苦い香りが、店内にふんわりと広がっていた。

「お待ちしておりましたぞ。さあ、頂きましょう」

「ツカサに乾杯！」

コバルトは乾杯のジェスチャーをしてから、カップを手に取って珈琲を啜《すす》る。亜門と三谷もまた、「頂きます」と断りを入れてから珈琲を口にした。

私は気が気でない。胃をキリキリとさせながら、皆の反応を待った。

私に珈琲を淹れさせた張本人である三谷は、一口含んで口の中で転がし、じっくりと味わいながら飲み干す。彼が言葉を発するまでの時間は、私にとって永遠のように思えた。

「名取」

「は、はい！」

思わず敬語になってしまう。そんな私を、三谷はいつものあっけらかんとした表情で眺めつつ、こう言った。

「いいんじゃね？　美味いよ」

「えっ」

「美味いってば。イッツデリシャス」

三谷は、ご丁寧に平坦《へいたん》な英語まで添えてくれた。

違う。日本語が分からなかったわけじゃない。

「本当に？」

「書店員、嘘《うそ》つかない」

何故《なぜ》か片言で三谷は答えた。そのせいで胡散臭《うさんくさ》さが入ってしまったが、三谷がこんなことで嘘を言うようには思えなかった。

「うむ。スッキリとした味わいで、美味しいな！」

コバルトは目を見開きながら賞賛してくれる。亜門もまた、深々と頷いた。

「そうですな。司君らしい珈琲だと思います」

「僕らしいって、それは良いのか悪いのか、よく分からないんですけど……」

「素朴ですが、味わえば味わうほど深みがあるということですな」

「深みが……」

そう言われて、悪い気はしない。

私は一通りの反応を見てから、ようやく自分の珈琲を口に出来た。

確かに、亜門が淹れた珈琲よりもスッキリとしていて、少し物足りない気がする。しかし、二口三口と口に含むと、しみじみとした味わいを感じられた。

「悪くはない……かな？」

「おっ、どちらかと言うと控えめでネガティブな名取が及第点を出すとは。自己評価としてはかなりいい方なんじゃないか？」

三谷がからかうようにニヤリと笑う。

「えへへ……。教えてくれた亜門のお陰っていうか……」

「いいえ。司君の学ぼうという姿勢があったからですな。方法を教えても、きちんと習得出来る方は限られております」

亜門は、私の淹れた珈琲を味わいながらそう言った。

「要は、褒め言葉は素直に受け取れということだ！」

コバルトにそう言われてしまっては、私はこれ以上謙遜《けんそん》出来なくなってしまう。「は、はい」と気恥ずかしさのあまり、背中を丸めることしか出来なかった。

「これならば、ドリップ式のオーダーを承った時、司君に頼めますな」

亜門はとんでもないことを口走る。

「それは褒め過ぎでは⁉」

「サバンナで珈琲を売り歩いてもいいんじゃないっすかね」と三谷までそれに乗ってしまう。

「サバンナにこだわるのは何故⁉」

「それならば、俺の庭にも持って来たまえ！　スイーツも存分に出すぞ！」

「あっ、コバルトさんの発言が意外とちゃんとしてる！」

コバルトの庭はヘンテコだが、猛獣や日本語が通じなそうな人達がいるサバンナよりは遥《はる》かにマシだ。常識は通じなくても、猛獣に食い殺されることは無い。

「そして、スイーツが尽きるまでパーティーをするんだ！」

「あっ、永遠に終わらなそう！」

前言撤回。日本語が通じない民族が相手でも、誠意を持って珈琲を淹れれば通じ合えるかもしれない。猛獣は、彼らに追い払って貰おう。

サバンナに行くか、コバルトの庭に行くかという二択を迫られつつ、私は自分で淹れた珈琲を飲む。

自分用には何回か淹れたものの、その時とは少しだけ風味が違っていた。亜門の器具を使っているからだろうか。

いや、そばに友人達がいるからかもしれない。

いつもよりもほんのりとまろやかで、ほんのりと胸の奥が温かくなるような珈琲を口にしながら、私は友人達が盛り上がる様子を眺めていたのであった。

第三話　司、亜門と未来を歩む

その日の夜、私はいつものように読書をしていた。

寝る前に珈琲《コーヒー》を飲んでは目が覚めてしまうと思い、ココアを飲みながら頁《ページ》をめくる。

制作者との対話。その言葉が、ずっと頭の中に残っていた。

私が今読んでいる書物の著者も、もう、とっくの昔に亡くなっていた。それでも今なお、こうやって著作を読めて、巧みな紡ぎ手の技術と思考の断片を体験出来るのだから有り難い。

「本人が死んだら、そこで全《すべ》てが終わるわけじゃないんだよな……」

死んだら天国に行くかもしれないとか、極楽に行くかもしれないとか、輪廻《りんね》転生《てんせい》をするかもしれないとか。そういった、『かもしれない』ではない。

こうして本を読み考えをめぐらすことで、正にここで、制作者――亡くなってしまった者との対話がなされている。それは、制作者の死が全ての終わりでないことを告げていた。

「何だか、不思議だな……」

亡くなった人の思い出がある限り、その人は心の中で生き続けるという言葉を聞いたことがある。聞いた時は、優しい慰めの言葉だと思ったけれど、それは真実の断片なのかもしれない。

現に、作家が亡くなっても物語は遺《のこ》り、彼らとの対話が出来るという状況は、肉体はもう無いというのに、彼らがまだ生きているかのようではないか。

「それって……」

私の脳裏に、落雷にも似た衝撃が走る。

私は、或《あ》ることに気付いてしまった。宇宙の秘密とやらを知ってしまったら、こんな気持ちになるのだろうか。

頭はすっかり冴《さ》え、眠るどころでは無くなってしまった。このことを誰《だれ》かに伝えたかったが、時計の針は深夜を指し示している。

「忘れないうちに、書かないと」

私はパソコンを起動させ、キーボードに指を滑らせる。視界の隅に、カーテンの隙間《すきま》から窺《うかが》える、やけに明るい夜空を捉《とら》えながら。

昨日は満月だったから、今日は十六夜だ。少し欠けた月が、地上を照らしていることだろう。

しかし、そんなことを気にしている余裕は無い。私はこちらを覗《のぞ》くような月の視線を振り払いながら、目の前のモニタに集中したのであった。

アルバイト書店員である三谷の出勤時間は早い。

開店時間は一般的な店と変わりはないものの、朝一で入荷した商品を、開店前までに棚に差しておかなくてはいけないのだという。そうやって、売れた商品を補充していかないと、棚がガタガタになってしまうそうだ。そして何より、早く商品を補充することによって、客と本が出会うチャンスを少しでも多くすることが出来るのだ。

「三谷！」

私は、神保町駅の出口から出て来る三谷に向かって、声をかける。

彼は相変わらず猫背で、双眸《そうぼう》に光を灯《とも》さずにぼんやりと歩いていたが、流石《さすが》に、私に声をかけられた時は目を丸くしていた。

「うわっ、なんでお前ここにいるの？　ストーカー？」

「ひ、酷《ひど》い言い草……！　三谷を待ってたんだって」

「それがストーカーって言うんだよ。待ち伏せじゃないか」

「まあ、確かに」

三谷の出勤を狙《ねら》って早く来て、彼が使いそうな出口の前で待っていたのだ。冷静になると、なかなかのストーカーっぷりである。

三谷は溜息《ためいき》を一つ吐《つ》くと、彼が勤務する新刊書店に続く路地裏へと踏み入れる。

「で、何？　歩きながら話すぞ」

取《と》り敢《あ》えず、三谷は通報せずにいてくれたので、私は安心して隣を歩く。

「僕は気付いたんだ。死んでも死なない方法を」

「おまわりさーん」と三谷は大通りに向かって声をかける。

「わー！　怪しい話じゃないから！」

「怪しい奴《やつ》ほどそう言うんだよ」

三谷はにべもなく言った。しかし、それ以上、誰かを呼ぶそぶりは見せなかった。

「それで、何だっけ。ゾンビになる方法だっけ？　ラヴクラフトが書いた話で、死体を蘇《そ》生《せい》させる物語があったけど、それを読んだのか？」

「そ、そういう方面で死なないわけじゃなくて。三谷達がやってることって、改めて、凄《すご》いことなんだなって」

「俺は偉大だしな」

三谷はさらっとそう答えた。

「凄いな。自分で偉大って言えちゃう自信……」

「それくらいじゃないと、やってられないぞ。この世の中は」

それはさておき、と三谷は話題を元に戻す。

「そんな風に改まって、どうしたんだよ」

「読書をするってことは、著者と対話をすることだと思って」

亜門達との会話を思い出しながら、私は答える。

「そうだな。古典は特に、著者のみならず、時代背景や文化が読み取れる。その当時の世界が、本の中に凝縮されているようなもんだと思ってるよ。仮に、未来を描いたSF小説だとしても、物語が書かれた当時の未来像を垣間見《かいまみ》ることが出来る。逆に、過去を書いた作品でも、その時代に考えられていた過去像が分かるようになるんだよな」

過去に起こったことも、後に発見された資料によって見直されることがある。そう考えると、現代も過去も未来も、著者が筆を執った時代を切り取ったようなものだった。

「亡くなった著者と対話が出来るなんて、考えてみたら凄いことだと思うんだ。一方的にはなるけれど、著者は肉体が滅んだっていうのに、僕達に語りかけて来るんだから」

「そうそう。古典はそこが面白いんだよな。例えば、〝赤ずきん〟とか〝眠れる森の美女〟みたいに、超有名で誰もが幼い頃《ころ》に絵本で読んだような物語が紡がれたのが、十七世紀だぜ。そこから、二十一世紀の今日まで、ずっと語られてるんだ。お前の対話っていう表現を借りるなら、著者のシャルル・ペローはそこからずっと語り手として生きていて、俺達に訴えかけて来るってわけだな」

半端ないな、と三谷は深く頷《うなず》く。

それに対して、私はこう言った。

「でも、物語だけじゃどうにもならない。語り継ぐ人が必要なんだと思う。昔は、吟遊詩《ぎんゆうし》人《じん》とかだったのかな。でも今は、書店員もそれに似たことをしているんじゃないかと思って」

「現代の吟遊詩人とか、ヤバいな」

三谷の目に、薄《う》っすらと光が灯る。どうやら、彼の琴線《きんせん》に触れるものがあったらしい。

「うん。ヤバい。著者が生きるか死ぬか、割と真剣に書店員が運命を握っていると思う」

書店員だけではない。本の流通にかかわる者全てが、作家の運命を握っているのだろう。

「いや、ちょっと待てよ。お前、何を考えてる？」

三谷は鋭く尋ねる。勘のいい彼は、私がこのことを伝えるためだけに待ち伏せをしていたわけではないと察したのだ。

私は、一呼吸おいてからこう切り出した。

「作品が世に遺っていれば、仮に肉体が滅んだとしても、死ぬことは無いんだと思って。それこそ、概念として生き残れるんじゃないか、って」

三谷が例に挙げたシャルル・ペローもまた、二十一世紀の今日、物語とともに生きている。それより古い作家も、新しい作家も、本が存在して読まれている限りは、存在が続いていると言っても過言ではない。

「僕、さ。思ったんだ。何らかの形で本が残れば、亜門とともに生きられるんじゃないかって」

「お前……」

「僕の寿命なんて、亜門達に比べたらあまりにも短いと思う。でも、僕の作品がいま語り継がれている物語のようになれれば、概念としての寿命は延びると思うんだ。それこそ、百年、二百年って！」

私はきっと、目を輝かせていただろう。見開いた目には、朝の太陽の光が眩《まばゆ》いほどに入り込み、見慣れた景色は輝かしいものに見えた。

しかしそんな中、三谷は冷静だった。充分に考えたような間を置いてから、こう答える。

「そういう物語になるのは、本当にごく一部だ。いいや、一部とか一握りとか、そんな表現は生易しい。現代を生き抜くのですら、難しいっていうのに」

「それは、何となく分かる……けど」

私は今まで、本に携わる人間を見て来た。異形となり果てて自分の本を探していた小説家や、作家との関係に悩む編集者がそれだ。それこそ、業界の一部にしか過ぎないが、彼ら彼女らが、必死になって足掻《あが》いているのはよく分かった。

「でも、お前の見解は間違ってないと思う。著作が次の世代、またその次の世代に受け継がれ、この世に存在している限り、お前は本の向こう側で生きることになる。もし、お前がそんな道を望んでいるのだとしたら、俺は俺なりに応援するよ」

「あ、有り難う……」

いつの間にか、新刊書店の前に辿《たど》り着いていた。

頭を下げる私に対して、三谷は足を止めて振り返った。

「お礼なんて、応援が成果に繋《つな》がったらでいい。それよりお前、エッセイでデビューしたいわけ？」

「えっ。うーん、そうなるかな」

私はほぼ無計画なことを恥じらいつつ、曖昧《あいまい》に答えた。

「そこが曖昧だと、ルートも曖昧になるぞ。早いところ決めておけよ」

「うん。そうする」

「それじゃ、俺はここで。お前は開店まで待つように」

「はいはい」

三谷はひらりと手を振って、店の中に消えようとする。

しかし、背中が見えなくなりそうなところで、彼は急いで戻って来た。

「すっかり忘れてた。これ、お前に貸すよ。うちで今、仕掛けてる本なんだ」

三谷は鞄《かばん》を漁《あさ》ると、新刊書店のブックカバーが掛かった本を私に手渡す。

「いいのか？」

「後でちゃんと返せよ。あと、気に入ったら商品を買えよ」

「はは……、そこは勿論《もちろん》」

私の返答に、三谷は満足したようだ。「よし」と頷き、今度こそ去って行く。

開店前の新刊書店前にひとり残された私は、手の中にある、やけに薄い文庫サイズの本の表紙をめくってみる。

「ショウペンハウエルの〝読書について〟……？」

どうやら、小説ではないらしい。岩波文庫の青に分類されている。私がこのレーベルで読んだ本は、赤ばかりだったのに。

しかし、この厚みであれば、新刊書店の開店時間までに読破出来るかもしれない。

私はそう考え、近くのチェーン店のカフェへと向かったのであった。


『悪書は精神の毒薬であり、精神に破滅をもたらす』

本をいかにたくさん読むか。本といかに親しむのか。そういった内容が書かれていると思った私からしてみれば、とんだ劇薬のようなものであった。

前述《ぜんじゅつ》は、ショウペンハウエルの〝読書について〟の一文だが、これだけで既に、かなりインパクトがある帯コメントになってしまいそうだ。

とにかくこの、ショウペンハウエルの新刊書への書きっぷりが凄《すさ》まじい。新刊書に親が殺されたとでも言わんばかりの呪《のろ》いっぷりであった。

これが、新刊書と一緒に並べられているというのだから恐ろしい。

文庫なので、売り場を担当しているのは三谷ではないのだろう。新刊書を出している、今生きている現役の作家が読めば、顔を真っ赤にして怒るか、顔を真っ赤にして恥じ入るかのどちらかだろう。無関心でいられるほどの鋼の心臓の持ち主がいるのだとしたら、私は心の奥底から賞賛を送りたい。

本をたくさん読めというどころか、読まずに済ます技術が必要であると説いている。あらゆる時代、あらゆる民族の生んだ天才の作品だけ熟読すべきであると説かれていた。

そして、重要な書物は、二度読むべきだとも書かれている。一度は頭に入っているので、理解が深まると書かれているが、これは、亜門の読書に通じるものがある。

「それって、古典をじっくり読めってことなんだろうな……」

読み終えた頃には、新刊書店の開店時間になっていた。

私は喫茶店を出て、新刊書店へと向かう。久々に正面の入り口から入ったが、まず、見事にタワー積みをされている本が目に入った。

どうやら、有名な作家の新刊が発売された直後らしい。

何人かの客が、「あっ、新刊が出てたんだ」と言って、タワーの麓《ふもと》で平積みになった本をレジへと持って行った。確かに、これならば必ず目に付く。新聞などに打たれている広告を見逃しても、書店を訪れた時点で気付くということか。三谷の話によると、タワーを積むのにも技術がいるそうで、この新刊書店の巧みな職人によって積まれたタワーは、あの東日本大震災の揺れにも耐えたのだという。

他の平積みになっている本や、それを紹介するパネルには、書店員のコメントが載せられていた。パッと見ただけで、その物語の魅力が伝わって来るそのコメントは、よく見れば、この新刊書店の書店員のものだった。

「新刊書だって、こうやって、多くの人に支えられているのにな……」

レジでは、テレビで取り上げられていたカリスマ書店員が、満面の笑みで接客をしている。その愛嬌《あいきよう》のある微笑《ほほえ》みを向けられた気がして、私は照れ笑いを返してしまった。

そのまま、エスカレーターで四階に上がろうとする。しかし、二階まで上がったところで、私は思わずエスカレーターから下りてしまった。

背の高い眼鏡の紳士が、大量の本が入ったカゴを携えながら売り場を優雅に歩いていたからだ。

「亜門！」

「お早う御座います、司君」

亜門は、賢者さながらの笑みを湛《たた》えながら、私を穏やかに迎えてくれる。

「申し訳御座いません。あなたの出勤をお待ちしていようと思ったのですが、本日発売の新刊が気になってしまいまして」

「ははは……。僕も、もう少し早く出勤すれば良かったですね」

亜門が手にしたカゴには、新刊書や古典、洋書までもが入っている。そこで、ショウペンハウエルの言葉が脳裏を過《よ》ぎり、私は顔を曇らせてしまった。

「おや、どうなさったのですか?」

「いえ。さっき読んだ本が、ちょっと……」

「あまり、よろしい結末ではなかったとか」

「いいえ。厳しい先生に滅茶苦茶怒られた気分になる本っていうか……」

「ふむ。お聞きしても?」

亜門は興味津々といった表情で、私の顔を覗き込むように尋ねる。私一人でショウペンハウエルの言葉を噛《か》み締《し》めるのは辛《つら》かったので、亜門にぽつぽつと内容を話した。

「ああ。〝読書について〟ですか」

「知ってるんですか?」

「勿論。司君は、私を侮っておられますな?」

亜門は悪戯《いたずら》っぽく微笑む。

「侮るなんて、そんな。野暮なことを言ってしまったなとは思いますけど」と私は苦笑した。

「それは冗談として、彼の本については、私も思うことが御座います。まあ、道すがら話しましょう」

亜門は売り場を歩き出す。長身でいて、背筋をスッと伸ばして堂々と歩く彼は、その精《せい》悍《かん》な容姿も相俟《あいま》って、実に目立っていた。

「彼の言うことは、確かに正論です。長きに渡って読み継がれていた書物というのは、どの時代の人間にも受け入れられてきたということですからな。将来、どうなるかも分からない新刊書を読むよりは、古典を熟読し、自身と向き合うのが最も効率的ではありますな」

「でも……」

私は、亜門がカゴに入れた新刊を見つめる。亜門もその視線を受け取るように、静かに微笑んだ。

「ええ。今、それこそ、正に本日発売された新刊書は、この先の未来、どうなるか分からない。一年後には全く話題に上らなくなっているかもしれないし、百年後もベストセラーになっているかもしれない。もし、今話題にならなくても、著者がこの世を去った後、後世で作品の価値を認められるかもしれない」

「そう、ですよね。ショウペンハウエルの言うことを実行して、皆が新刊書を買わなくなったら、それこそ、古典だけしか残らないんじゃないかと思うんです。それって、作る側には辛いっていうか……」

「そうです。いいところに気付きましたな」

亜門は満足そうに頷いた。

「新刊書を買って読むことは、全く無駄ではありません。その中に、百年先も親しまれる書物があるかもしれない。我々読者は、そういう書物を今ここで終わらせないように、未来へと続くように、読み継ぐことが出来るのです」

「未来へと、読み継ぐ……」

亜門の猛禽《もうきん》の瞳《ひとみ》には、父親のような眼差《まなざ》しが湛えられていた。きっと彼は、そんな双眸で人間を見守ってくれていたのだろう。今も、昔も。

「それに、いま読んでいる書物が、もしかしたら百年後にも読まれているかもしれないと思うと、胸が弾みませんか？」

「確かに……。自分が死んだ後も残っているんだとしたら、本当に凄いですよね」

「そう――ですな」

亜門の瞳は、寂しげに伏せられた。

しまった。死別を連想させる言葉は、亜門にとって禁句もいいところだ。彼は、人間の友人をこれ以上失うことを恐れているというのに。

その恐れのあまり、亜門は自らの存在を持続させる術《すべ》を用いず、私とともに滅びへの道を駆け下りることを選んだというのに。

「あ、あの！」

亜門に言うべきだろうか。

本の制作者は、本が残っている限りは生きている。肉体的な寿命には逆らえないと思うけれど、人間だって概念として生き残ることは出来る。

だから、私はそういった存在になりたい。

しかし、私の決意は心の中に留《とど》まるだけで、口から飛び出す勇気は無かった。

亜門はこちらを見つめ、私の言葉を待っている。しかし結局のところ、「何でもないです」と返すことになってしまった。

「……左様ですか」

亜門はあっさりと引き下がり、一階に向かうエスカレーターに乗る。

「何やら、並々ならぬ決断を迫られているご様子ですな。この亜門、僭越《せんえつ》ながら、友人として相談に乗りますぞ。司君の気が向いた時でしたら、いつでも」

「亜門……」

その心遣いが、逆に辛い。

いっそのこと、ショウペンハウエルのように罵《ののし》ってくれてもいいのに。

お前は慎重ではなく、臆病《おくびょう》だ。勇気を出さずにいると、相手に気持ちが伝わらない。先延ばしにしたって、いつかは踏み出さなくてはいけない日が来るのだから、と。

亜門の後をとぼとぼとついて行く。彼は迷うことなく、レジへと向かった。

お会計をしている後ろ姿を、私はぼんやりと見つめる。ずいぶんと広い背中だ。私の父とは似ても似つかないが、父親のようなと形容するのに相応《ふさわ》しい風格を備えていた。

しかし、時として、その背中がひどく小さく見える時がある。

彼がふさぎ込む時に、私は彼に何が出来るだろう。私は、彼から多くのことを学び、多くのものを貰《もら》った。だが、彼に対して私は、何を与えられるのだろうか。

亜門に問えばきっと、「そばにいて下さるだけで構いません」と答えることだろう。しかし、私はそんな優しさと甘さに、身を委ねていて良いのだろうか。

それでは、いつまでも雛鳥《ひなどり》ではないか。

「お待たせいたしました」

亜門の声に、ハッとする。

気付けば、両手に紙袋を携えた亜門が立っていた。紳士然とした笑みを湛え、沈んでいた私の心を包み込んでくれる。

「さあ、参りましょう」と亜門は四階に上るために、エスカレーターへと向かう。

「あっ、片方持ちますよ！」

私は紙袋に手を伸ばす。

「重いものですが、よろしいですかな？」

「大丈夫です。僕だって、毎日本を持ってますから」

亜門は、本が少ない方の紙袋を私に差し出す。多い方でも良かったのにと思いながら受け取った瞬間、私の両腕は唐突な重力に屈《くっ》することとなった。

「重っ！」

「そうでしょうなぁ」

亜門は分かり切っていたと言わんばかりに苦笑して、私の両手から紙袋をやんわりと取り上げる。

「す、すいません。まだモヤシで……」

「謝ることは御座いませんぞ。人には、得手不得手がありますからな」

亜門は悠々と紙袋を持ちながら、〝止まり木〟へと向かう。その背中に、ただひれ伏すことしか出来なかった。

「得手不得手って言っても、僕の場合、得手が無いっていうか……」

「そのようなことをおっしゃってはいけません。司君は努力家で、常に一生懸命です。私は、そんな司君を見る度に、人間の愛《いと》おしさを実感するのです」

「……それは、何よりですけど」

照れくさいような、むず痒《がゆ》いような気持ちに、歯痒い気持ちが混ざる。私はもう一歩、この友人のために踏み出したいというのに。

〝止まり木〟の扉を開くと、珈琲の残り香が私達を迎えてくれる。

亜門は奥の指定席にあるサイドテーブルへと紙袋を置くと、ほっと溜息を吐いた。

「お疲れ様です」と私は労《ねぎら》いの言葉をかける。

「ところが、ここで一息吐くわけにはいかないのです」

亜門は眉間《みけん》を揉《も》みながら、周囲を囲む本の山を眺める。和書も洋書も、新刊書も古書も、一緒になって積み上がっていた。

「新しい本を購入した以上、何冊かを書庫に置かなくては」

「確かに。本棚は、何処《どこ》もいっぱいですしね……」

壁一面の本棚には、最早《もはや》、隙間が無かった。床にもだいぶ置かれているので、これ以上積んでは、生活や接客に支障が出るだろう。ジャンル替えによって空けられたはずの棚も、今やいっぱいになっている。

「まあでも、ゆっくりやればいいんじゃないでしょうか。お客さんが来ても、走り回るわけじゃないですし」

私の気休めに、亜門は首を横に振った。

「この後、コバルト殿がいらっしゃる予定でして」

「早く片付けましょう」

私の背筋が自然と伸びる。

あの嵐《あらし》のようで破天荒なマッドハッターは、何をやらかすか分からない。まさかと思うことをやってのける時もあるので、万全を期す必要があるだろう。

「一先《ひとま》ず、私は書庫に移動出来るものを置いて来ましょう。司君は、その辺りの山をジャンル分けして頂いて構いませんかな？」

「はい。分かりました……！」

精一杯、凛々《りり》しい顔を作る。亜門はしっかりと頷き、奥の書庫に通じる扉の向こうへと消えて行ったのであった。


亜門が指定した山は、一つではなかった。

「その辺りって……」

亜門が指し示したのは、書物が崩れるギリギリまで積み上げられた山が、幾つかある場所であった。それらは互いに支え合い、絶妙な城を築き上げている。

「これって、触れるのもヤバいのでは……？」

バランスが悪くなれば、他の山を巻き込みながらあっという間に崩れ落ちてしまうだろう。

私はまず、一歩離れたところから、どう崩して行けばいいかを考える。まずは一番上から攻めるとして、その次はどうする。二番目にある本は、その傾きと重心で、下のバランスを取っているように見えた。

「一体、どうしてこうなったんだ……」

本こそ積み上げているものの、亜門は基本的に綺麗《きれい》好きで、山になっている本はきっちりと揃《そろ》えられていた。しかし、これだけは崩れた後のジェンガのようになっている。

「いや。正にこれは、一回崩れたんだろうな……」

とにかく、任された以上、どうにかしなくてはいけない。その責任感だけが、私を動かしていた。

「コバルトさん、来るのが遅ければいいんだけど」

そういう時に限って、彼は意気揚々とやって来る。今にも扉が開き、あの派手な姿を現しそうだ。

そう思った刹那《せつな》、ドアノブがひねられる音がした。

「ひぃ！　コバルトさん、こっちに来ないで下さい！」

コバルトならば、崩れたジェンガを面白がり、「俺もやりたい」と言い出すだろう。そんな確信のもとで本の山をとっさに庇《かば》うが、現れたのは美貌《びぼう》のマッドハッターではなかった。

「失礼。準備中でしたか」

新刊書店の照明を背に現れた人物は、何とも不思議な雰囲気をまとっていた。

まず、新緑色のカーディガンが印象的だった。ゆったりとした上着をまとっているため骨格が曖昧で、ひどく中性的な佇《たたず》まいだった。

だが、扉と比較すると、私よりも背が高いことに気付く。

掛けている眼鏡のフレームは、植物の蔓《つる》にも似ていた。そこから覗く瞳は、やけに力強く、それでいて冷ややかでもあり、深淵《しんえん》のようでもあって、縁が失われたり、失いかけたりしている人間とは、大凡《おおよそ》かけ離れていた。

「喫茶店――いや、古書店兼、喫茶店と言ったところですかね」

眼鏡の人物は、店内を一瞥《いちべつ》しただけで、〝止まり木〟がどんな店であるかを言い当てた。

落ち着いている様子からして、私よりも少し年上だろうか。顔立ちも中性的で、年齢もまた読み難い。声の低さや喉仏《のどぼとけ》、そして、骨張った手は男性の特徴そのものであったが、いささか断定し切れない雰囲気を、相手は醸し出していた。

「何ですか？」

その青年は、私のことを胡乱《うろん》な眼差しで見つめる。

「ここの店員は、接客もせずに客のことを観察するんですね」

「あ、いえ。すいません」

鋭い指摘に、慌てて謝罪する。

「まあ、準備中ならば帰りますが」

青年が踵《きびす》を返そうとしたので、私は思わずすがりついた。

「待って下さい！」

「はあ」

気付いた時には、青年の腕をしっかり摑《つか》んでいた。訳が分からないと言わんばかりに、青年は生返事をする。

「その、あなたは珈琲の香りに引き寄せられ、この店の扉が見えたんですよね⁉」

「何故《なぜ》、そんなことを？　この店は、正直者にしか見えない店なんですか？　ああでも、それならば、私には見えないか」

後半の独白には、やや自嘲《じちょう》が混じっていた。

「あの、もしそうだとしたら、是非とも珈琲を飲んで行って下さい！　店主が、すぐに戻って来ますので！」

この青年が、どれほどの縁を失いかけているのか、それとも失ってしまったのか分からないが、私はこのまま見過ごすことは出来なかった。

青年は、値踏みをするように私を見つめる。その瞳は冷ややかだった。何が、彼の心をここまで冷めさせてしまったのだろうか。

思わず、気圧《けお》されそうになってしまう。しかし、私は目をそらさずにいた。

「仕方ないですね」

しばらくして、青年はそう言った。

「資料探しのついでに、気分転換をしたいと思っていたところですし。君に付き合ってやりましょう」

口調が丁寧かと思いきや、言葉の端々はずいぶんと尊大《そんだい》だ。

それでも、彼が再び店内に身体《からだ》を向けた時には、心の底から安堵《あんど》した。

私は彼を席に案内し、お冷を持って行く。その間、彼は持っていた紙に何やらペンを走らせていた。

何を書いているんだろう。

時折、木の虚《うろ》の中に拵《こしら》えられたような店内に目をやりながら、真剣にペンを走らせる様子は、思わず見入ってしまうほどだった。

よく見ると、彼のペンの先からは、正に〝止まり木〟の店内が生み出されていた。

一本一本の線は繊細で、それらが緻密《ちみつ》に合わさることによって、白黒でありながらも圧倒的な説得力を醸し出している。

そのモノクロの店内で過ごす亜門が、ありありと思い浮かんだ。

「うわぁ……」

私が思わず感嘆の声を漏らすと、彼はぴたりとペンを止めた。

「人の作業を覗き見していないで、それを置いて行ってくれませんかね」

青年は、お冷を手にして茫然《ぼうぜん》としている私をねめつける。しかし、その毒を含んだ眼差しも、今の私には全く効果がなかった。

「凄いですね！　スケッチをしてたんですか？」

彼の席にお冷を置きながら問う。私の賞賛を受け取った彼は、少しだけたじろぐようなそぶりを見せ、「どうも」と応じた。

「こういうインテリアは、嫌いではありません」

「亜門が——店主がデザインしたんです」

私は誇らしげに言った。

「まるで、梟《ふくろう》の巣のようです」

青年の、あまりにも的を射た表現に、私はドキッとしてしまう。しかし、そこに含みはなかったようで、青年は私の様子を窺《うかが》うことなくお冷を口にした。

「余談になりますが、梟は、自ら巣作りをしないと聞きました。木の虚や別の鳥が作った巣を再利用するのだとか。そういう生き方、私は嫌いではありません。今あるものを大切にするという生き方はね」

「なんと言うか、エコですよね」

「エコなんていう言葉は、人間のエゴにしか過ぎませんがね。あれは、人類が将来、生き易《やす》いようにするものなんで」

青年は鋭くそう言い放つ。

「それはさておき、他の鳥は、素材を集めて来て自分が住み易い家を作りますが、梟はそれをせず、あるがままを受け入れようとしている。彼らは猛禽類という、食物連鎖ではかなりの上位にいるにもかかわらず、謙虚なことだと思いましてね」

「あるがままを……」

亜門を思い出す。彼は、人間とずいぶん近しくなり、その概念とともに消えるという道に身を委ねている。それも正に、彼の本性が梟であるがゆえでもあるのだろうか。

「多少、自分の我儘《わがまま》を通しても良い気もしますけどね。でも、そもそも我儘なんてないんでしょうか」と私は問う。

「さあ。それは梟本人でなくては分かりません」

青年は、スケッチをしていた紙を手持ちの鞄に仕舞いつつ、そう答えた。

「あれっ、続きは描《か》かないんですか？」

「必要な部分を写したのでいいんです。これ、メモですし」

「メモ⁉」

思わず声が裏返る。私の大声を聞き、青年は露骨に顔をしかめた。

「あっ、すいません。だって、あれだけ描き込まれてたのに」

「別に。良いと思った箇所を描いただけです」

青年は、さらりと言った。そもそも、私がお冷を用意する短時間に描けるような密度ではなかった。常人では考えられないものを生み出す、この人物は——。

「もしかして、画家さん……ですか？」

「そんな大層なものじゃありません」

「えっとそれじゃあ、イラストレーターですか？」

「ここの店員は、詮索《せんさく》が好きなようですね」

青年は、皮肉とともに肯定する。

「すいません……。つい、気になってしまって」

「どうでもいいんですがね。店主はまだ来ないんですか？」

イラストレーターは、澄まし顔をしているものの、苛立《いらだ》ちが募っているようだった。

せめてメニューだけでも渡そうと思ったが、この物言いに毒を含んだ相手に、代金ではなく代償が記されたメニューなんて見せようものなら、何を言われるか分かったものではない。

というか、あまりの胡散臭《うさんくさ》さに帰ってしまうかもしれない。

早く戻って来て下さい、と奥の扉を見つめつつ、私は必死に営業スマイルを作った。

「本当にすいません。今、書庫の整理をしているみたいで……」

「はぁ」とイラストレーターは呆《あき》れるような生返事をする。

しまった。正直に言い過ぎたか。

「私も暇じゃないんですがね。お冷を出して貰ったのに悪いと思いますが、これで――」

お暇《いとま》しようと言わんばかりに、イラストレーターは席を立つ。これはいけない。

「ま、ま、待って下さい！」

本日二回目のすがりつきである。

「何ですか」とイラストレーターは怪訝《けげん》な顔をする。当たり前だ。

「そのっ！　最近、悩みごととかあるんじゃないですか？」

何とか、彼に〝止まり木〟の扉が見えた理由を探ろうと尋ねる。

しかし、ストレート過ぎる質問に、「はぁ？」という訝《いぶか》しげな答えが返って来た。

「仮にあったとしても、なんで君に語らなくてはいけないんですか」

「おっしゃる通りで……！」

「それに、私には、君の方が思い詰めているように見えますがね」

「えっ……」

イラストレーターの言葉に、私は思わず、摑んでいた彼の腕を放す。イラストレーターは、ぽかんとしている私の顔を眺めながら、再び席に腰を下ろした。

「仮に、私が人生相談をしたいとしても、そんな相手には出来ませんよ」

「僕、そんな顔してましたかね……」

「重要な選択を迫られているように見えます。今の場所に留まるべきか、それとも、一歩踏み出すか。しかし、踏み出した先は茨《いばら》の道だと。そんな感じに見えますね」

正に、このイラストレーターの言う通りだった。

私は本を出したい。それが読み継がれることによって、私は肉体が滅んだ後も『生きる』ことが出来る。そうすれば、亜門の慰めになるのではないだろうか。

私の頭の中には、常にコバルトのこともあった。彼は亜門の古き友人だ。亜門が滅びの道を選択しようとしていることを、大いに嘆いていた。彼を悲しませたくないという気持ちも、私の中では強かった。

形あるものは、必ず滅びる。しかし、それを少しでも延命することは、出来るのではないだろうか。

そう頭で考えているものの、心が決まらない。私は本当に、それを実行出来るのだろうか。

連鎖的に思い浮かんだ苦悩が私の脳裏を締め付け、私は思わず、イラストレーターの向かい側の席に、腰を下ろしてしまった。

それについて、イラストレーターは咎《とが》めようとはしなかった。

「友達のために」

「はい」

「本を出したいと思って」

「ほう?」

イラストレーターの視線は、私に続きを促していた。

眼鏡越しの視線は、亜門とはひどく違っていた。亜門が猛禽であれば、彼は爬虫類《はちゅうるい》だ。蛇のような鋭さがあり、敵対者が隙を見せれば、喉を一瞬で食いちぎりそうですらあった。

しかし、敵意は私に向いていない。ただ、相手を用心深く観察するような視線が注がれているだけだった。

とは言え、私はその探るような視線で既に、手に汗が滲《にじ》んでいたのだが。

「でも、本を出すには道が険しくて、僕なんかに出来るのかと思って」

「金銭的な面で？　それとも、実力的な面で？」

「後者、ですかね」

前半の問いかけは、いまいちピンと来なかった。すると、イラストレーターは小さく溜息を吐く。

「つまりは、商業出版をし、一般的な流通に乗せて書店に並ぶような本を出したい、と？」

「あ、そうです」

成程。私はどういうルートで本を出したいかを探られていたのか。自費出版であれば金銭面の問題になるので、前者を選ぶだろうと思われていたのだろう。

「君が本を出すことが、どう友人のためになるのかは、敢えて詮索しませんが」

イラストレーターは、そんな前置きをした。

「君は使命感ゆえに、その道を選択しようとしている。しかし、君に使命感がなかったら、それを選ぼうと思いますか？」

「それって、どういう……」

「つまり、友人のことを差し引いた時、君は本を出したいのかということです。本と言っても種類が沢山ありますが、君の場合、文章を書く方ですかね」

私はイラストレーターに頷く。

「では、更に質問をしましょう。君は友人のことが無くても、文章を書こうと思いますか？」

「亜門のことが、無くても……」

イラストレーターは、静かにこちらを見つめていた。審判者のような眼差しに晒《さら》され、私は生きた心地がしなかった。

「そういう気持ちが無いなら、おススメはしませんね」

イラストレーターは、取り付く島もなくそう言った。

「クリエーターを目指す人間は非常に多い。小説であれば、ベストセラー作家になって一財産稼ぎたいとか、ちやほやされたいという人間もやって来ます。君がそういった連中と違うのは、何となく分かりますがね。しかし、作ることに抵抗を覚える人間は、基本的には続きません」

「どうして……ですか？」

「単純に、しんどいからですよ。私が作るのはイラストですが、小説だろうと音楽だろうと映像だろうと、本質は変わらないはずです。どうやったら正しいということも無く、どこまでやったら終わりということも無い。正解もゴールもない世界で、何かを生み出す作業をするというのは、よほどの忍耐があるか、よほど鈍感《どんかん》でない限りは難しいものです」

「あなたは、忍耐がある方なんですか……？」

恐る恐る尋ねてみる。だが、彼はあっさりと答えてくれた。

「私は鈍感な方です」

「そうは見えませんけど」

どちらかと言うと、神経質に見える。キメの細かい絵を見ていると、とてもではないが感覚が鈍いとは思えない。

「絵を描くことに、特に苦労は感じません。と言っても、一段落ついて手を休めれば、ひどく疲れていることを自覚しますがね。つまり、集中している時はしんどいことに気付かないということです」

「それは、鈍感っていうか……。寧《むし》ろ、すごい集中力なのでは？」

「まあ、変わらないですよ」

イラストレーターはさらりと言う。これも一種の、謙遜《けんそん》なのだろうか。あまりにもあっさりとしているので、「そういうものか」と納得させられてしまう。

「どうして、絵を描くのか聞いても良いですか？」

「もう聞いているじゃないですか」

間髪《かんはつ》を容《い》れずに返って来るツッコミに、「すいません……」と私は小さくなる。

「描かないと、死ぬからですよ」

イラストレーターは、しれっとした顔でそう言った。あまりにも唐突で、あまりにも予想外な答えに、私は一瞬、ぽかんとする。

「描かないと、死ぬ……？」

「そうです。人間も、呼吸をしないと死ぬでしょう？」

「そ、そうですね。まあ、それで生命を維持しているんで」

「私にとって、絵を描くことは呼吸と同じです。ペンを取り、感情を外に出さなくては、私は三日ともたないでしょう」

「そんなに……ですか」

「私は、他に感情を外に出す術《すべ》を知らないんですよ。そのくせして、感受性が強いらしく、すぐに自身の感情に呑《の》み込まれそうになる」

そう言っている目の前のイラストレーターは、非常に冷静なようにも見えた。彼が落ち着き払って見えるのは、普段、絵によって発散しているからなのだろうか。

「まあ、私は極端な例です。他にも、その道を進むために訓練を積み重ねてきた者や、他の分野で得た経験を活かしつつその道を進もうとしている者がいます。ただ、漠然《ばくぜん》と本を出《い》したいというだけでは、彼らには勝てません」

「別に、僕は勝ちたいわけでは……」

「君が歩みたがっている世界は、そういう場所ですよ。勝たないと生き残っていけないんです。何もかもが、書店で平積みになるわけじゃない。書店は従業員も雇っているし、彼らの生活のためにも、或る程度は儲《もう》けなくてはいけない。そうなると、自然と、平積みになるのは売れる本です」

話題になって多くの人が買い求めそうな本は、目立つところに平積みにされる。

話題になっておらず、狙っている客層も分からない本は、目立たない場所に置かれてしまう。それどころか、入荷すらしないこともある。そうすると、売れそうな本はますます売れ、売れなそうな本はますます売れなくなる。

売れなければ、後世には遺る確率もゼロに等しい。それどころか、私の寿命よりも早く消えてしまうかもしれない。

そうなってしまったら、私が本を出す最大の目的を果たせなくなる。

「クリエーター業界だけとは言いませんが、業界内は、正に戦場です。自分の武器を最大限に活かし、他者を押しのけながら進んで行かなくてはいけない」

私に馴染《なじ》みがある新刊書店の売り場もまた、戦場の一つだったのか。あそこで売り上げを競い合い、成績が良かったものが残り、そうでなかったものは返品されてしまう。

返品されたものの中には、書店員が好きな本や、売りたかった本があったかもしれない。しかし、彼らにも生活がある。そこで、泣く泣く返品したかもしれない。

趣味と娯楽と教養とが入り交じった、知的な憩いの場所もまた、人知れぬ戦いが繰り広げられていたのか。

「君に、戦う覚悟はありますか？」

「覚悟……」

「戦場ということは、否が応でも屍《しかばね》を積み上げなくてはいけません。君は性根が良くも悪くも優しそうですし、向かないのでは？」

イラストレーターはそこまで言うと、静かにお冷で喉を潤す。

「まあ、そのような自覚が無くても生き残れる者もいるかもしれませんし、周りと上手《うま》く調和を保って生き残れる者もいるかもしれません。偶々《たまたま》、私が歩む道が修羅なのかもしれませんが」

お喋《しゃべ》りが過ぎました、とイラストレーターは目をそらす。私はうつむくと、黙ってテーブルの木目を見つめていた。

私は知っている。毎日、書店には大量の新刊書が届けられることを。そして、毎日のように、棚が入れ替えられているということを。

ショウペンハウエルも唱えていたが、新刊書は有象無象が湧《わ》き出るように生まれる。まずは、その中の一冊になれるようにしなくてはいけない。その次に、その中に埋もれないようにしなくてはいけない。そして更に、人々に読まれ続けなくてはいけない。

第一の関門から、既に狭き門だった。ウェブでのスカウトもあるとはいえ、本を出したい人間は溢《あふ》れんばかりにいる。まずは、そこから這《は》い上がらなくてはいけない。そしてその先に続く道もまた、険しく、坂と山と壁が聳《そび》えていた。

「でも……」

私の喉から、自然とそんな言葉が漏れる。イラストレーターは、静かにこちらを見つめた。

「それでも、僕は日々の記録を残したいと思うし、僕が出会った愛《いと》しいもののことをみんなに伝えたいんです。今生きている人だけじゃなく、未来に生まれる人達にも、彼らのことを知って貰いたいんです。僕はそのために、筆を執《と》りたい」

「……なるほど。己《おの》が衝動や業のためではなく、広く知って貰いたいことがある、と」

イラストレーターの問いに、私は迷うことなく頷いた。彼を真《ま》っ直《す》ぐと見つめると、彼もまた、私を見つめ返す。

「そのためには、どんな覚悟もするということですかね」

「そうするしかないのなら」

「君の言い方だと、君自身は戦いを望んでいないように感じます。そんな己を押し殺しても、戦場に立つんですか」

「僕には、そうしたいと思う相手が——親友がいるんです」

私の脳裏に、初めて〝止まり木〟にやって来た時のことが思い浮かぶ。

この二十一世紀に、目の前で魔法を見せられてしまい、しばらくは己の正気を疑ったくらいだ。

そんな魔法使いこと亜門のことは、堂々として優雅な紳士だと思っていた。しかし、非常に繊細なところがあり、人間との関係に悩み、苦しんでいた。

「僕は——」

彼は、人間との死別に身を引き裂かれるくらいならば、滅びを選ぶのだという。愛おしい人を一度亡くした時、彼はさぞ嘆いたことだろう。私が想像を絶するほどに、悲しみにくれたことだろう。

彼にはもう二度と、そんな悲しみを味わわせたくなかった。

「僕は、彼のために戦いたい。彼には、多くのことをして貰ったから、次は、僕が頑張る番です。と言っても、これ自体が僕の我儘なのかもしれません。彼のために筆を執ることこそが願いで、それを実現するために戦うのかも」

私がそう言い終わると、長い時間をたっぷりかけて、イラストレーターは溜息を吐いた。

「君は、どうしようもないばかですね」

「ば、馬鹿⁉」

イラストレーターはこちらを見やる。

飛び出したのは毒舌であったが、そこに、先ほどまでの或る種の冷淡さはない。双眸には晴れやかさと、決意が宿っているようだった。

「やれやれ。長話が過ぎました。私はそろそろ戻らなくては。締め切りも近いですし」

イラストレーターは唐突に立ち上がる。

「あっ、ちょっと」

奥の扉に駆けつけて亜門を無理矢理呼ぼうとも思ったが、イラストレーターが鞄から紙を取り出し、テーブルの上に放《ほう》ったので、それを受け止める方を優先にしてしまった。

「それ、くれてやりますよ」

「え、でも、これって店内をメモしてたんじゃあ……」

「描いた時点で、頭に入りました」

彼が放ったのは、〝止まり木〟のスケッチだった。短時間で描いたとは思えない繊細な絵に、思わず見入ってしまう。

「その、凄いですね……。白黒なのに、生々しいというか。古い本と、木の質感がとてもリアルだなって……」

「ちゃんと描けているのなら何よりです。彩色しようにも、今の私には、色がよく分からないので」

「えっ？」

私が目を丸くしていると、イラストレーターは何ということも無い顔で上着を羽織り直す。

「或る事情で――、まあ、病気のようなものだとでも思って下さい。色が、知覚出来なくなっているんです」

「それじゃあ、イラストレーターの仕事は……！」

「やってますよ。モノクロのイラストの仕事をね。ただし、今までとは別のペンネームで」

イラストの仕事が出来ているということには少し胸を撫《な》で下ろすものの、別のペンネームだということが引っかかる。

彼は、短時間で惚れ惚れするようなイラストが描ける人間だ。色彩が豊かな、美しい絵を描いていたに違いない。その色が奪われた今、同じペンネームを使うことが屈辱的だったのかもしれない。

励ましの言葉をかけようと思っても、安っぽいものは逆効果だろう。声をかけあぐねていると、彼は帰り支度をしながら続けた。

「色覚が戻る見込みも無いので、前のペンネームは捨ててしまおうと思ったんですよ。描けないのならば、意味が無いですし。でも——」

「でも……？」

「君の決意を見ていたら、もう少し様子を見てみようと思いました」

「あっ……」

珈琲の残り香が漂う店内に、ふと、新緑の香りが混じったような気がした。内装と相俟《あいま》って、私は森の中にいるような心地になる。

切れかけていた何かが、繋《つな》がったような感覚がした。

気付いた時には、イラストレーターは出口から新刊書店の売り場に向かうところだった。

その背中に、私は叫ぶ。

「また、ご来店下さい！」

イラストレーターは一瞬だけ、こちらに視線をくれた気がした。売り場の逆光のせいでよく見えなかったが、何処か穏やかな眼差しを感じた。

パタンと扉が閉まると、新緑の香りも消える。

後に残されたのは、〝止まり木〟のスケッチだった。

「……縁が切れそうだったのは、前のペンネームだったのか」

スケッチは、何の変哲もない紙に描かれていた。しかし、彼が残したインクの軌跡によって、その中に活き活きとした世界が生まれていた。

スケッチの中の〝止まり木〟には、亜門のぬくもりすら感じた。私も、手を伸ばせばそこに入れるのではないかと思ったほどだ。

「名前、聞いておけば良かったな」

迂闊《うかつ》だった。彼の話に、すっかり呑み込まれていた。

「でも……」

また、会えるかもしれない。神保町の新刊書店に、また客として来るかもしれないし、私が戦場に赴《おもむ》くのであれば、彼は近いところにいるはずだ。それに、何処かでこのタッチを見たような気がする。有名なイラストレーターだったのかもしれない。

「よし……」

〝止まり木〟のスケッチを、自分の鞄のファイルの中にそっとしまう。

この珈琲の香りすら漂って来そうな店内こそ、私の居場所だ。浮世離れしたこの場所も、また、私の現実なのだ。だから、私はこの現実を、守らなくては。

「すいません、遅くなりまして」

奥の扉が開く。申し訳なさそうな亜門が、そこにいた。

「もしや、お客さまが見えたのですか？」

「あ、ええ。実は……」

私は苦笑を返す。亜門は、大袈裟《おおげさ》に顔を覆った。

「ああ、何たること。珍しく読書に没頭せずに戻って来たものの、まさか、お客さまを逃してしまうとは……！　司君、その方はどちらへ？　我が巣にやって来たということは、縁が切れそうな方か、縁が切れてしまった方のはずです」

「大丈夫です」

「今、何と？」

亜門は、不思議そうな顔で私の方を見つめる。

「大丈夫です、多分。ちゃんと、縁は繋げました」

「司君が？　魔法を用いずに、ですか？」

「僕がというか、その人が偶々、自分が進むべき道を見つけられる強い人だったというか……。寧ろ、僕なんて初対面の人に悩みまで聞いて貰っちゃって……」

しかも、相手にはお冷しか出していない。また会えるかもしれない、ではなく、是非とも見つけ出してお礼をしなくては。

そんな私に、亜門はしばらく信じられないといった表情をしていたが、やがて、大いに顔を綻《ほころ》ばせた。

「それは、それは……。司君が人の縁を繋げるようになるとは……。ずいぶんと頼もしくなられましたな」

「そ、そんなに大袈裟なものでは……」

その視線が何だか気恥ずかしくて、私は控えめに目をそらす。亜門はその大きな手で私の頭に触れようとしたが、ぴたりと止め、頭を振った。

「やめましょう。雛鳥と呼ぶのは相応しくない。――あなたは立派な、紳士です」

「紳士……」

鸚鵡《おうむ》返《がえ》しに呟《つぶや》くと、亜門は深く頷いた。

「それにしても、惜しいことをしましたな。その方の人生の本を拝読したかったのも御座いますし、司君の相談にも乗りたかったところなのですが」

「そのことなんですけど、道すがら話しましょう」

「道すがら？」と亜門は不思議そうな顔をする。

「その、それとは別に、亜門に話したいことが。場所を、移しても良いですか？」

本の整理も途中なのに、何を言っているのか。もう一人の私が冷静にツッコミをする中、亜門は穏やかに微笑んだ。

「勿論です。友人の頼みですからな」

亜門はそう言って、上着を取って来るべく、クロークへと向かったのであった。

私達は、明大通りの坂を上り、山の上ホテルに向かう。

その途中で、私は亜門にイラストレーターの話をし、亜門はますます興味を持ち、整理を早めに切り上げなかったことを悔やんだ。

しかし、その一方で、私は気が気ではなかった。

場所を変えたのは、移動中に考えをまとめるためだった。しかし、時間が経《た》てば経つほど、緊張で胃がキリキリと締め付けられるのを感じた。

山の上ホテルに到着すると、私達はレトロで豪奢《ごうしゃ》な廊下を往《ゆ》き、喫茶店へと向かう。明るい喫茶店は、相変わらず、ダッチコーヒーとスイーツの上品な香りで迎えてくれた。

「いやはや。ここに来る度に、初めて司君をお連れした時のことを思い出しますな」

亜門はダッチコーヒーを注文しながら、そう微笑んだ。

「そうですね。あの頃は、亜門の正体も知らなかったし、本にそこまで思い入れがなくて……。あの頃の自分が、今の自分を見たら、吃驚《びっくり》すると思います」

私もそう言いつつ、ダッチコーヒーを注文する。

「これで、お酒も強くなるとバーもご紹介出来るのですが」

「はは……。お酒はまだ全然ダメですね。家でちょっと試したんですけど、やっぱり寝ちゃって」

亜門の少し悪戯っぽい笑みに、私は苦笑を返す。

この他愛の無い会話が、永遠に続けばいいと思った。特別なことの無い日常を共に過ごし、共に笑い合えればそれでいいとも思った。

だが、私は踏み出さなくてはいけない。

永遠なんて無いのだから。このままにしておいても、いずれは終わりが来るのだから。

私は、変わらなくてはいけない。終わりを、少しでも遅らせるために。悲しい終わりを、少しでも回避するために。

「その、亜門」

「どうなさいました？」

私の声にいささかの緊張が混じるのに対し、亜門は落ち着いた様子で尋ねる。柔らかく包み込むような雰囲気に、「やっぱり何でもないです」と甘えそうになってしまう。

だが、脳裏にあのイラストレーターのことが思い浮かぶ。厳しくありながらも、私が目指す道のことを教えてくれた彼もまた、自らの病と戦っているようだった。

私も、戦わなくては。いつまでも、雛鳥として守られているわけにはいかない。今しがた、亜門に一人前だと認められたではないか。

「僕は、本を出したいと思うんです」

「ほう」

亜門は目を輝かせる。

「亜門と過ごした日々や、コバルトさんが乱入して来た時の話や、アザリアさんと風音君達の話、そして、アスモデウスさんの話をまとめようと思って」

「それは、恐縮ですな。その場合は、随筆《ずいひつ》になるのでしょうか。しかし、魔法と縁遠い方々は、幻想小説だと思いそうですが」

苦笑をする亜門に、「そうですね」と私も笑い返す。

「僕は、亜門から、そして、みんなから大切なものをたくさん貰いました。僕がその時に思ったことや、感じたこと。全部、生涯をかけて書きたいんです」

「生涯を……かけて？」

亜門は瞬《まばた》きをするのも忘れたと言わんばかりに、私をじっと見つめる。私もまた、亜門を見つめ返した。

「僕は、それくらいの覚悟を以《も》って臨むつもりです。そうでもしないと、僕の本当の望みは実現出来そうにもないので」

「司君の本当の望みは、本を出すことではないのですか？」

亜門の猛禽の瞳が、眼鏡越しに私を映す。そこには、期待と心配が入り交じっていた。

これから話すことで、そこに悲嘆《ひたん》が入らないかと不安が過ぎる。引き返すならば今の内だと、もう一人の自分が己に囁《ささや》きかける。

しかし私は、そんな臆病な自分の制止を振り切り、亜門にハッキリとこう伝えた。

「僕は、自分の作品を後世に遺したい。そして、亜門の存在も、みんなに知って貰いたい。だから、筆を執ろうと思ったんです。作品が後世に遺ることで、僕の肉体が滅んでも、僕は存在し続けることになる。そして、作品が語り継がれることで、亜門の概念も失われずに済むようになる」

最早、頭では何も考えられなかった。衝動のままに、ただひたすら言葉を紡ぐ。

「僕は——たとえ肉体が滅んでも、あなたのそばにいられるようにしたいんです！」

一気に言い切った私は、喉がカラカラに渇いていることに気付いた。しかし、水を飲むほど気持ちに余裕は無い。目の前にいる亜門の反応を、じっと待つ。

「肉体が滅んでも……そばに……」

亜門は、噛み締めるようにそう言った。私は、それが私の意志であると念を押すように頷いた。

「ショウペンハウエルが言うように、新刊書は毎日有象無象が出てきます。そもそも、本を出すまでこぎつけるのも大変だし、売れ続けるようになるのも大変です」

三谷からは、新刊が動くのは、基本的に発売直後の二週間だと言われた。その後も動くようであれば、それは売れる本だから売り場に出来るだけ残すのだという。しかし、そういう本は、一握りに過ぎないのだとも言っていた。

「そして、後世にまで遺るなんて、本当に大それたことを言っているという自覚はあります。でも、願望を持つことと、それを目指すことは自由だと思うんです」

自分のちっぽけな生涯をかけて、何処まで行けるか分からないけど。そう思いつつも、口にせずに呑み込んだ。今はただ、自分の決意を亜門に示したかった。

一方、亜門は、呆気《あっけ》にとられたような顔でこちらを見つめていた。私が言い終わって彼の反応を窺っていると、ようやく、我に返ったように瞬きをした。

「その、司君……」

「はい」

「失礼を承知でお伺いしますが、それは、あなたの意志なのですか？　司君は優しい方です。私のことを気遣って、その道を選んでいるのであれば、私としては——」

「僕の意志です。この道を選んだ動機は色々ありますが、僕としては、みんなでハッピーエンドを迎えたいんです。人生が本ならば、その著者は自分です。だから、自分でその結末に導くために、足掻《あが》いてみようと思うんです」

「司君……」

亜門の、紳士の表情がくしゃりと歪《ゆが》む。猛禽の瞳が潤み、その頬《ほお》に雫《しずく》が滴った。

「あ、亜門⁉」

慌てた私は、思わず立ち上がる。そんな中、「失礼」と亜門は眼鏡を外し、涙を拭《ぬぐ》った。

「す、すいません。何か、その、一人で突っ走っちゃったことを言ったような……。決して、亜門を泣かせたかったわけでは……」

「いいえ」

亜門の僅《わず》かに震える声が、私の言葉を遮る。

「嬉《うれ》しかったのです。あなたが、そこまで私に親愛の情を寄せてくれていることが」

「亜門……」

「私は、幸せ者ですな。こうして、心で寄り添って下さる友人がいるのですから」

亜門は微笑む。いつもの紳士然とした笑みではなく、歓喜のままに生み出された、溢れんばかりの眩《まぶ》しい笑みであった。

私もまた、亜門に笑い返す。

彼は魔神で、私は人間だ。出自《しゅつじ》も違えば寿命も違うし、価値観だって違う。

でも、こうやって笑い合えるのならば、心が通じ合えるのならば、前述した違いなど些《さ》事《じ》ではないだろうか。

見計らったようなタイミングで、私達のダッチコーヒーが運ばれてくる。亜門はカップを掲げると、「無作法ではありますが」と前置きをしてこう言った。

「我々の友情に、乾杯しましょう。そして、司君の巣立ちの祝福も」

「では、僕は〝止まり木〟が更に繁盛するようにお祈りしますね」と冗談めかしつつ、私もカップを手に取る。

「おや、どなたに祈るのですか?」と亜門は含み笑いで尋ねる。

「勿論、店主さまにですよ。流石に、外に看板を出すのはまずいでしょうけど、内側にはあった方がいいと思うんですよ。よく、開いているのかそうでないのか、喫茶店なのか古書店なのかと聞かれるので」

「そうですな。検討しておきましょう。検討と言えば――」

「なんです?」

「作家を目指すのであれば、勤務時間を見直さなくてはいけませんな。今は、ほぼ一日いて貰っているという有様ですし」

「うーん。特に作業がない時に、執筆活動をしていいのなら今のままでも良いかと」

「ふむ。それは構いませんぞ。私も、司君の執筆している姿を拝見したいですし」

「アッ、背後から覗き込むのは無しにして下さい」

私の顔が青ざめると、亜門は「そのような真似《まね》はしませんぞ」と笑う。本当だろうか。

「ああ。でも、コバルトさんが来たら無理やりにでも見ようとしそうな……」

「そうですな。コバルト殿が――」

そこまで言うと、私達はハッとした。

「そうだ。コバルトさんが来るって!」

「すっかり失念しておりました……」

お互いに顔を見合わせ、慌ててダッチコーヒーを飲み干す。ゆっくりと味わうのは、次の機会へと持ち越されたのであった。

「遅いぞ、ふたりとも！」

我々が〝止まり木〟に戻った瞬間、コバルトが入り口の扉を乱暴に開けて入って来た。

「今日は現れると予告しておいたのに、ふたりしていなくなるなんて酷いじゃないか！」

コバルトは長い睫毛《まつげ》の双眸《そうぼう》をめいっぱい開き、シルクハットの過剰な装飾を揺らしながらぷりぷりと怒る。

「申し訳御座いません、コバルト殿。あなたのためにケーキもご用意しましたので」

「許す」

ケーキが入った箱を見たコバルトは、即答だった。私も、彼が機嫌を損ねたら、甘いものを捧げようと心に留めておいた。

「コバルト殿は席でお待ち下さい。今、珈琲を淹《い》れますので」

亜門はそう言って、クロークへと向かう。私もまた、亜門の手伝いをするために上着をさっさと脱ぎ、人数分のカップを用意する。

「ツカサ」

席に着いたコバルトに呼ばれ、私は振り向いた。すると、彼の顔からはおどけた表情が一切失せ、ただ真剣に、こちらを見つめていた。

「何か、良いことでもあったのか？」

「えっ、どうしてですか？」

「アモンのあんなに嬉しそうな顔は、久しぶりに——いや、初めて見たかもしれないと思ってな」

流石は、長年、彼の友人をやっている相手だ。微細な表情の変化を見逃さなかったらしい。

「良いことというか、この先を良いことにしようという話をしていたんです」

「未来のこと、か」

「ええ、まあ」

私が頷くと、コバルトは一瞬だけ考え込む仕草を見せるが、すぐにそれは笑みへと変わった。少しだけ哀愁が漂うような、しかし、安心したような笑みだった。

「それは、良かった。俺達のような概念の存在は、あまり前向きな将来のことについて考えられないからな。アモンは、望むものを手に入れられたのかもしれない」

「亜門が望むもの……」

「まあ、俺の力が必要な時は、遠慮なく言うがいい。嵐を起こす仕事はもう引退したが、その他にも出来ることがあるだろう」

コバルトは背もたれに寄りかかり、寛大にそう言った。

「はは、有り難う御座います」と私は返すものの、すぐに彼の力が必要なことに気付いた。

「そうだ。早速なんですけど、相談したいことがあるんです」

「何だ？　言ってみるがいい」

椅子《いす》にふんぞり返りながら、コバルトは尋ねる。

「実は、〝止まり木〟の看板を作ろうと思いまして……」

「なんと！　それは楽しそうな仕事だな！　任せろ。可愛《かわい》く作ってやろう！」

「コバルト殿。あなたの創作性は是非ともお借りしたいところですが、デザインは私が監修させて頂きますぞ」

奥の方から現れた亜門が、ぴしゃりとそう言った。コバルトは不満げに唇を尖《とが》らせ、私は苦笑を漏らす。

変化をしないものは無い。終わらないものも無い。しかし、物事を良い方向に変えることも、良い終わり方をさせることも出来る。

だから、私は進まなくては。変化をもたらすことこそ、人間に出来ることなのだから。

名取司は、そこまで書き終えると、ノートパソコンをそっと閉じた。友人が、珈琲《コーヒー》を淹《い》れてくれたからである。

木の虚《うろ》のような造りの、本で溢《あふ》れている古書店には、喫茶店のようにテーブルが幾つか並べられている。

壁一面の本棚に囲まれ、珈琲の香りがする店内は、一見すると図書館を模した喫茶店に見えてしまうが、入り口には木製の看板が設置されていて、『幻想古書店　止まり木』と古書店アピールがなされていた。司の案で、友人のひとりが作ってくれたものだった。

「司君、珈琲が入りましたぞ」

「有り難う御座います。今行きます！」

古書店の奥にある机を占拠していた司は、友人達が待っている卓へと向かおうとする。

その時、ふと、作業机の一角に置かれた本が目に入る。

司のデビュー作だ。その続編を書くにあたって、ひどい矛盾が無いようにと参照していたのだ。と言っても、自分が体験したことを書いているわけだし、人間だろうがそうでなかろうが、生きている限りは矛盾を孕《はら》むのでそのままにしたいとも思っていたが、読者はそういうのが気になってしまうらしい。

司は体験をしたことをもとに書くというのも、なかなか難しいものだということを実感していた。

「ツカサ、早く来ないと、俺が全部飲んでしまうぞ！」とコバルトの声が司を急《せ》かす。

「や、やめて下さい。今行きますってば」

司は急いで卓へと向かう。そこでは、友人達が笑顔で迎えてくれた。

「大先生のご降臨だ。珈琲にアルコールを入れて祝杯としようじゃないか」

アスモデウスは、司の顔を見るなりにんまりと笑う。

「それを飲んだら、僕は寝ちゃいますからね……？　本当に人が悪い……いや、神が悪いなのかな……？」

「邪神寄りの魔神だから仕方があるまい」

アスモデウスは、しれっとした顔で言った。

「というか、一冊しか本を出してない僕なんかより、ウェブ連載していた小説のアニメ化が決定したアスモデウスさんの方が凄《すご》いと思うんですけど。全年齢向けの作品なのに妙に色っぽいって、ネットで話題ですし」

「ウェブ小説界のベリアルと呼びたまえ」

「ソドムのように炎上しないで頂きたいものですな」

亜門は苦笑する。「誰が上手《うま》いこと言えと」とアスモデウスも苦笑いを返した。

「それにしても、ツカサ」

コバルトは司をじっと見つめる。

「ツカサが書いた本を読んだ時に気になったんだが、普段は自分のことを『僕』と呼んでいるのに、本の中では『私』だなんて妙に畏《かしこ》まっていたのはどういうことだ？」

「あ、あれは、一人称を変えないと筆が乗らなくて……」

司は自分でも少し気取った文章を書いているという自覚があったので、指摘が気恥ずかしかった。

「まあ、随筆《ずいひつ》にはよくあることですな」と亜門が助け船を出す。

「ふぅん、そういうものか」とコバルトは納得した。

そんな様子を見て、司は安堵《あんど》の息を漏らす。

「さあ、司君。そんなところで立っていないで、座ってはいかがですか？　せっかく淹れた珈琲が、冷めてしまいますぞ」

亜門が座るように促す。「そ、そうですね」と司は席に着き、背筋を伸ばした。

笑うこともあり、嘆くこともあり、怒ることもある。心があるという点で彼らとの違いは無いとは言え、やはり年長者であり高貴なもの達だ。古い本に向かい合う時のように、彼らへの敬意は忘れてはいけないと、司は思った。

「因《ちな》みに、三谷君は？」と亜門が問う。

「三谷はシフトが終わってからって言ってました。あと三十分くらいで来るそうです」

「もしかして、ミタニはボードゲームを持って来てくれるのか⁉」

コバルトは目を輝かせる。「ええ」と司が頷《うなず》くと、心底嬉《うれ》しそうに破顔した。

「ふむ。それでは、酒は罰ゲームにしよう」とアスモデウス。

「アスモデウスさんは、僕にお酒を飲ませたいだけでは……」

「ご安心下さい。それが麦酒《ビール》であれば、私は喜んで罰ゲームを受けましょう」

亜門は紳士然とした笑みを湛《たた》える。麦酒は亜門の好物だということを、司は思い出す。

「それはもう、罰ゲームではないのでは……!?」

「まあ、今は珈琲を楽しもうではありませんか。本日はコロンビア産の豆を使っておりましてな」

珈琲の芳香は、ミルクチョコレートにも似た心地よい香りであった。司達は、揃《そろ》って亜門の蘊蓄《うんちく》に耳を傾ける。

その背後にある本棚には、司の著書が飾られている。司が亜門に献本《けんぽん》したものだ。亜門は毎日のようにその本を眺めては、幸せそうに目を細めるのだ。

日常の隣にある、幻想の店。そこで感じた現実の珈琲の香りと、実在する友人達を綴《つづ》った本。

『幻想古書店で珈琲を』。そのタイトルを見つめながら、司はさらに前進することを改めて決意するのであった。

あとがき

筆者は彼是《かれこれ》、四年半ほど書店員のアルバイトをしていました。

売り場に新刊を並べ、棚に入荷した本を納品し、レジを打って、お問い合わせを受けてと、正に、作中の三谷《みたに》のような仕事をしていました。

お恥ずかしいことに、書店員になった当初はほとんど商品知識がなく、棚の定番とされていた商品も、何故《なぜ》、売れるのかが分からないという有様《ありさま》でした。

それというのも、私の読書と言えば理工学書ばかりで（幼い頃から図鑑が好きでした）、データをため込むことはしていたものの、文学的な教養を疎《おろそ》かにしていたのです。

多少は相違があるとは言え、初期の司《つかさ》君のような状態でした。

これではいけないと思い、店長が定番だと教えてくれた作品を読んでみたことが、海外古典に目覚める第一歩となりました。

手に取った小説は、アガサ・クリスティーの『そして誰もいなくなった』（ハヤカワ・ミステリ文庫）でした。

慣れない海外小説を前に、最初は躊躇《ちゅうちょ》していたのですが、一度読み始めると、あっという間に夢中になってしまいました。

出勤前に最初から最後まで一気読みし、遅刻しそうになってしまったというのは、今となってはいい思い出です。

それからというもの、海外古典を読むのにすっかりハマってしまいました。

特に、光文社古典新訳文庫や新潮文庫のStar Classicsシリーズの訳は相性が良く、心地良い読書が出来たように思えます。また、幅広く翻訳をしている岩波文庫では、他では和訳されていない本をワクワクして手に取った記憶があります。

海外古典と言うと、難しそうというイメージがあるかもしれません。しかし、よく知っている童話の原作なんかは取っつき易《やす》く、また、作品によっては、そのジャンルの『原点』を垣間見《かいまみ》ることが出来ます。

例えばミステリーの定番である、謎《なぞ》の人物に集められた人々が孤島に閉じ込められ、不気味な詩になぞらえて殺されていくというシチュエーションは、『そして誰もいなくなった』が原点なのではないでしょうか。

また、江戸川乱歩の原点となるエドガー・アラン・ポーの『モルグ街の殺人』は、探偵小説の始まりではないかと言われているのですが、まさかのオチに驚かされます。

そして、堅苦しいイメージを覆《くつがえ》すほどの魅力的なキャラクターが多いというのも、注目すべき点です。

『そして誰もいなくなった』を読んで以来、アガサ・クリスティーの小説が気になってしまい、名探偵ポワロシリーズも少しずつ読み進めているのですが、こちらのシリーズ、エルキュール・ポワロのキャラクターがとにかくチャーミングで、ついついのめり込んでしまいました。

ポワロ氏は、名推理を披露する時は自信満々な紳士なのですが、隣人に向かってカボチャを投げたり、インフルエンザにかかったり、砂漠にエナメル靴で行って、靴の中が砂だらけで痛いと泣き言を漏らしたり、愛嬌《あいきょう》があって親しみ深いと思いました。相棒のヘイスティングズ氏も、なかなか個性的なキャラクターです。

他にも、ジュール・ヴェルヌの作品はキャラクター同士の掛け合いが面白かったり、オスカー・ワイルドのキャラクターは深みがあったり、この紙面では語り尽くせないほどです。

そんなお気に入りの作品を一部でも紹介出来たらと思い、この幻想古書店シリーズを立ち上げました。

この作品は、書店員としての私の手作りポップと言ってもいいかもしれません。

本シリーズを通じて、多くの海外古典を紹介してきたのですが、まだまだオススメしたい本はありますし、まだまだ読んでいない作品もあります。

特に、私はイタリアの幻想文学作家であるディーノ・ブッツァーティの作品が好きで、どう紹介したら良いかと悩んでいたものの、愛の重さゆえか、ついに答えには辿《たど》り着けませんでした。こちらも、いつか何らかの形でご紹介出来たらと思います。

幻想文学は、答えがないものが多く、ミステリーのようにスッキリ終わらないものもあります。

しかし、物語の奥行きを楽しみ、自分なりの解釈を考えるという点では、より想像力が試されるものではないでしょうか。

私は、想像力を掻《か》き立てたり余韻《よいん》を楽しんだりする作品を目指しているので、幻想文学からは学ぶことが非常に多く、この先も幻想を追求して行こうと思っております。

物語を通じて主人公の見た世界を疑似《ぎじ》体験することで、ああだろうかこうだろうかと考えさせられることがあります。また、主人公の悩みごとが自分と同じものであり、主人公の結論によって、自分の悩みごとが解決したこともあります。

物語を読むということは、他人の人生を追体験し、たった一つの人生の中で、多くの人生を垣間見ることが出来るということではないでしょうか。

今はもう、書店の仕事からは退いてしまっているのですが、かつて書店員だった者として、皆さまに、沢山のワンダーランドの入り口である書店に訪れる機会が、少しでも増えればと願っております。

最後に、本シリーズをご購入頂いた読者さまは勿論《もちろん》、並べて下さった書店さま、関《かか》わって下さった皆さまにも、心よりお礼を申し上げます。

司君の幻想古書店を巡るお話は、これにて一区切りとなりましたが、彼らの人生という物語が終わったわけではありません。

そして、私もまだまだ、他にも物語を紡いでいくつもりなので、引き続き、応援して頂けますと幸いです。

蒼月　海里

参考文献

シリーズで登場した
主な物語です。

色々な出版社から
刊行されているので、
あなたに合った訳書を
探してみるのも
読書の楽しみですぞ。
（亜門）

【幻想古書店で珈琲を】

『飛ぶ教室』（新潮文庫）
エーリヒ・ケストナー 著／池内紀 訳

「砂男」（光文社古典新訳文庫『砂男 クレスペル顧問官』収録）
ホフマン 著／大島かおり 訳

『オペラ座の怪人』（光文社古典新訳文庫）
ガストン・ルルー 著／平岡敦 訳

【幻想古書店で珈琲を 青薔薇の庭園へ】

『夜間飛行』（光文社古典新訳文庫）
サン＝テグジュペリ 著／二木麻里 訳

『不思議の国のアリス』（新潮文庫）
ルイス・キャロル 著／矢川澄子 訳

『オズの魔法使い』（新潮文庫）
ライマン・フランク・ボーム 著／河野万里子 訳

【幻想古書店で珈琲を 賢者たちの秘密】

『あしながおじさん』（光文社古典新訳文庫）
ウェブスター 著／土屋京子 訳

『すばらしい新世界』（光文社古典新訳文庫）
オルダス・ハクスリー 著／黒原敏行 訳

『クリスマス・キャロル』（光文社古典新訳文庫）
ディケンズ 著／池央耿 訳

【幻想古書店で珈琲を　心の小部屋の鍵】

『ジキルとハイド』（新潮文庫）
ロバート・L・スティーヴンソン 著／田口俊樹 訳

「青ひげ」（新潮文庫『眠れる森の美女 シャルル・ペロー童話集』収録）
シャルル・ペロー 著／村松潔 訳

『水の精（ウンディーネ）』（光文社古典新訳文庫）
フケー 著／識名章喜 訳

【幻想古書店で珈琲を　招かれざる客人】

「賢者の贈り物」（岩波文庫『オー・ヘンリー傑作選』収録）
オー・ヘンリー 著／大津栄一郎 訳

「黄金虫」（光文社古典新訳文庫『アッシャー家の崩壊／黄金虫』収録）
ポー 著／小川高義 訳

『老人と海』（光文社古典新訳文庫）
ヘミングウェイ 著／小川高義 訳

【幻想古書店で珈琲を　それぞれの逡巡】

「マッチ売りの少女」（新潮文庫『アンデルセン傑作集 マッチ売りの少女／人魚姫』収録）
アンデルセン 著／天沼春樹 訳

「眠れる森の美女」（新潮文庫『眠れる森の美女 シャルル・ペロー童話集』収録）
シャルル・ペロー 著／村松潔 訳

『美女と野獣』（新潮文庫）
ボーモン夫人 著／村松潔 訳

【幻想古書店で珈琲を　あなたの物語】

『サロメ』（光文社古典新訳文庫）
ワイルド 著／平野啓一郎 訳

「詩歌作成機」（光文社古典新訳文庫『天使の蝶』収録）
プリーモ・レーヴィ 著／関口英子 訳

「読書について」（岩波文庫『読書について 他二篇』収録）
ショウペンハウエル 著／斎藤忍随 訳

Haruki Bunko
ハルキ文庫
あ 26-7

幻《げん》想《そう》古《こ》書《しょ》店《てん》で珈《こー》琲《ひー》を あなたの物語《ものがたり》

著者 蒼《あお》月《つき》海《かい》里《り》

2018年 9月18日第一刷発行

発行者 角川春樹

発行所 株式会社角川春樹事務所
〒102-0074 東京都千代田区九段南2-1-30 イタリア文化会館

電話 03（3263）5247（編集）
03（3263）5881（営業）

印刷・製本 中央精版印刷株式会社

フォーマット・デザイン 芦澤泰偉
表紙イラストレーション 門坂 流

ISBN978-4-7584-4198-8 C0193 ©2018 Kairi Aotsuki Printed in Japan
http://www.kadokawaharuki.co.jp/［営業］
fanmail@kadokawaharuki.co.jp［編集］ ご意見・ご感想をお寄せください。